エリートジャック‼

発令！　ミラクルプロジェクト‼

宮沢みゆき／著
いわおかめめ／原作・イラスト

★小学館ジュニア文庫★

エリートジャック!!

おもな登場人物《とうじょうじんぶつ》

成績優秀者《せいせきゆうしゅうしゃ》だけが集《つど》う超《ちょう》エリート校《こう》・オメガ高校《こうこう》。
おしゃれ禁止《きんし》に恋愛禁止《れんあいきんし》。一《いち》に勉強《べんきょう》、二《に》に勉強《べんきょう》。
「そんなのぜ――ったい無理《むり》!!!」
…ということで、そんなきゅうくつな
学校生活《がっこうせいかつ》を楽《たの》しくハッピーに変《か》えようと、
ユリアは生徒会長《せいとかいちょう》として奮闘中《ふんとうちゅう》です!

相川《あいかわ》ユリア
シュリくんラブ♥な
超天才少女《ちょうてんさいしょうじょ》。
オメガ高校《こうこう》の生徒会長《せいとかいちょう》。

江原《えはら》シュリ
ユリアの彼氏《かれし》。
家《いえ》は探偵事務所《たんていじむしょ》。

野口秀一朗《のぐちしゅういちろう》
副生徒会長《ふくせいとかいちょう》。ユリアに
振《ふ》り回《まわ》されっぱなし。

当麻《とうま》エリ
ユリアの友達《ともだち》。
アイドル級《きゅう》の美少女《びしょうじょ》。

太宰《だざい》ヒカル
生徒会会計長《せいとかいかいけいちょう》。
絶対音感《ぜったいおんかん》の持《も》ち主《ぬし》。

もくじ

第《だい》一《いち》話《わ》

緊《きん》急《きゅう》指《し》令《れい》！
愛《あい》の迷《めい》宮《きゅう》から脱《だっ》出《しゅつ》せよ！

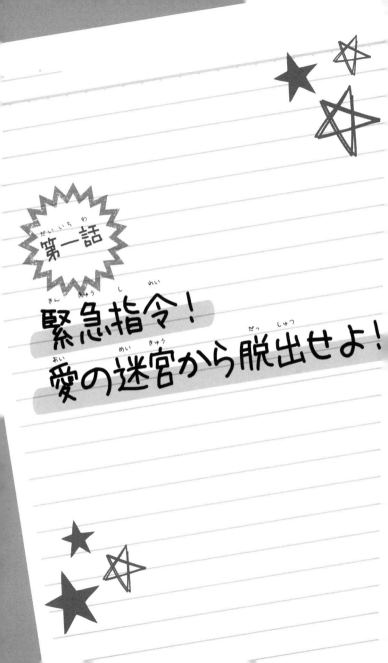

ここは有名《ゆうめい》エリート校《こう》・オメガ高校《こうこう》。

一《いち》に勉強《べんきょう》、二《に》に勉強《べんきょう》。三《さん》・四《し》が予習《よしゅう》で五《ご》が復習《ふくしゅう》。

もちろん勉強《べんきょう》の妨《さまた》げになるオシャレや恋愛《れんあい》などもってのほか！

選《えら》び抜《ぬ》かれた優秀《ゆうしゅう》な生徒《せいと》だけが、オメガ高校《こうこう》のトップの座《ざ》に立《た》てるのだ！

しかし——


「シュリくぅん♪　今日《きょう》の放課後《ほうかご》、どこでデートしよっか。ユリア、駅前《えきまえ》にできた新《あたら》しいクレープ屋《や》さんに興味《きょうみ》あるんだけどぉ♪」

「じゃあそこに寄《よ》ってみようよ。オレもユリアちゃんがおいしそうにクレープ頬張《ほおば》るとこ、見《み》てみたいな♪」

「きゃあ♪　シュリくん、大好《だいす》き!!」

場所《ばしょ》はオメガ高校《こうこう》の昇降口《しょうこうぐち》。相変《あいかわ》らずユリアとシュリはラブラブモード全開中《ぜんかいちゅう》！

それをギンギンにらみつけているのが、おなじみのオメガ高生徒会《こうせいとかい》の面々《めんめん》だ。

「フンッ、うっとおしいバカップルめ！　大体恋愛禁止《だいたいれんあいきんし》の校則《こうそく》を生徒会長自《せいとかいちょうみずか》らが堂々《どうどう》と破《やぶ》るなんて……。他《ほか》の生徒《せいと》への示《しめ》しがつかん！」

「まあまあ、副会長《ふくかいちょう》。生徒会長《せいとかいちょう》の暴走《ぼうそう》は今《いま》に始《はじ》まったことではないですし……」

「あれで万年首席《まんねんしゅせき》だっていうんだから、やってられないわよね」

腕組《うでぐ》みをしながらイライラと靴《くつ》を履《は》き替《か》える野口副会長《のぐちふくかいちょう》や、深《ふか》いため息《いき》をつくヒカル達《たち》。

そんな面々《めんめん》に向《む》かってユリアは「ちっ、ちっ、ちっ」と人差《ひとさ》し指《ゆび》を立《た》てる。

「ンも～！　ラブがない生活《せいかつ》なんて潤《うるお》いも張《は》り合《あ》いもないよ！　副会長《ふくかいちょう》もヒカるんも好《す》きな人見《ひとみ》つけたら、人生観《じんせいかん》変《か》わるって！」

「変《か》わらなくて結構《けっこう》」

「毎日勉学《まいにちべんがく》に励《はげ》むことで、充分人生《じゅうぶんじんせい》に張《は》り合《あ》いありますから」

「うぐっ！」

だけどユリアの恋愛論《れんあいろん》は、頭《あたま》の固《かた》い副会長達《ふくかいちょうたち》にはさっぱり通用《つうよう》しない。

ユリアの横《よこ》ではシュリがハハハ……と苦笑《にがわら》いしている。

「そうだ、当麻《とうま》っちならユリアの気持《きも》ち、わかってくれるよね！　当麻《とうま》っちだって恋《こい》する乙女《おとめ》だもんね～♪」

「え……ええっ!?」

そこで話《はなし》の矛先《ほこさき》を向《む》けられたのが、偶然昇降口《ぐうぜんしょうこうぐち》に居合《いあ》わせたエリだ。

ユリアに満面《まんめん》の笑顔《えがお》を向《む》けられたエリは、困《こま》ったように視線《しせん》を左右《さゆう》に泳《およ》がせる。

「ユ、ユリアさん、私《わたし》は別《べつ》に……」

「またまたそんなこと言《い》って〜！　男子《だんし》の間《あいだ》でも噂《うわさ》になってるよ！　最近《さいきん》の当麻《とうま》っちはますます可愛《かわい》くなったって！」

「そ、そんなこと……ありません……っ」

ユリアに頬《ほお》をツンツンされ、顔《かお》を真《ま》っ赤《か》にするエリ。

ふと何気《なにげ》なく視線《しせん》を上《あ》げれば、生徒会《せいとかい》の輪《わ》の中《なか》に立《た》つ石川《いしかわ》と視線《しせん》がぶつかる。

「あ、石川《いしかわ》セン…パイ……」

「生徒会長《せいとかいちょう》、当麻《とうま》をからかうのはそれぐらいにしたらどうですか。誰《だれ》もが会長《かいちょう》と同《おな》じ恋愛《れんあい》脳《のう》じゃないんですよ」

「ヒュー！　相変《あいか》わらず石川《いしかわ》くんはクールだなぁ！　でもそんな冷静《れいせい》さが石川《いしかわ》くんの魅力《みりょく》だよね！」

ね、当麻《とうま》っち？……とユリアがウィンクすると、エリもぶんぶんと首《くび》を縦《たて》に振《ふ》った。

そう、実《じつ》は最近《さいきん》エリと石川《いしかわ》は、なかなかいい雰囲気《ふんいき》なのだ。

「と、とにかく私《わたし》が可愛《かわい》いとか……絶対《ぜったい》ないですから……」

「もう、相変《あいか》わらず当麻《とうま》っちは照《て》れ屋《や》さんなんだからぁ」

恥《は》ずかしげにうつむいたまま、エリは下駄箱《げたばこ》の扉《とびら》を開《あ》ける。

するとなんと、中《なか》から勢《いきお》いよく大量《たいりょう》の手紙《てがみ》がザーッと雪崩落《なだれお》ちてきた！

「きゃあ、なにっ⁉」

「おおっ、これはもしかしなくてもラブレター！」

「それにしてもすごい数《かず》……。でもこれだけの手紙《てがみ》、どうやって中《なか》に入《い》れたんだ？」

エリの足《あし》もとで山積《やまづ》みになったラブレターを見《み》ながら、シュリ達《たち》も驚《おどろ》きの声《こえ》を上《あ》げる。

石川《いしかわ》の眉《まゆ》も、心《こころ》なしかピクンと真上《まうえ》に吊《つ》り上《あ》がった。

「こ、困《こま》りました。こんなたくさんの手紙《てがみ》をもらっても私《わたし》……」

「んー、どれどれ？　パッと見《み》たところ百通以上《ひゃくつういじょう》あるね。しかも送《おく》り主《ぬし》は同一人物《どういつじんぶつ》みたい」

ユリアは足《あし》もとに落《お》ちているラブレターを一通拾《いっつうひろ》い、それをまじまじと観察《かんさつ》する。

「はぁ？　同《おな》じ奴《やつ》がなんでラブレターをこんなにたくさん送《おく》ってくるんだ？」

「そんなのユリアだって知《し》らないよ。でもホラ、使《つか》われてる封筒《ふうとう》もシールも全部同《ぜんぶおな》じなんだもん」

「本当《ほんとう》だ」

「ずいぶん情熱的《じょうねつてき》な奴《やつ》だなぁ……」

「許《ゆる》さん！　恋愛禁止《れんあいきんし》のオメガ高《こう》で、ラブレターを送《おく》る奴《やつ》など言語同断《ごんごどうだん》だ！」

エリに送《おく》られてきたラブレターを巡《めぐ》って、あーだこーだと意見《いけん》を交《か》わすユリア達《たち》。

一方《いっぽう》、エリはラブレターをせっせとカバンの中《なか》に詰《つ》め始《はじ》める。

「とにかく私《わたし》、これ家《いえ》に持《も》ち帰《かえ》って読《よ》んでみます。ちゃんとお返事《へんじ》しなきゃ……」

「え？　これだけの数《かず》を全部読《ぜんぶよ》む気《き》なの？　ほっとけば？」

「もう、太宰《だざい》さんってば。そういうわけにもいきません。誠意《せいい》にはちゃんと誠意《せいい》をお返《かえ》しなきゃ」

エリとヒカルが話《はな》している中《なか》、石川《いしかわ》はすれ違《ちが》いざまエリの頭《あたま》をくしゃりとなでる。

「……ふん、当麻《とうま》はお人《ひと》よしだな」

「あ、石川《いしかわ》センパイ……」

「でもそーゆーところ、嫌《きら》いじゃない」

「！」

石川《いしかわ》はそう言《い》うと、すたすたと一人《ひとり》で歩《ある》いて行《い》ってしまう。

エリの頬《ほお》はまたまたリンゴのように真《ま》っ赤《か》になった。

「うんうん、やっぱ当麻《とうま》っちと石川《いしかわ》くん、いい雰囲気《ふんいき》だよね。このまくっついちゃえばいいのに〜♪」

「ユ、ユリアさん……っ」

ユリアにからかわれ、エリは恥《は》ずかしそうにうつむいてしまった。

だけどこの時《とき》、ユリアもエリもまだ気《き》づいていなかった。

エリに送《おく》られた大量《たいりょう》のラブレターが、ある事件《じけん》のきっかけだということに……。


翌日《よくじつ》。ユリアとシュリが登校《とうこう》すると、すでに学校《がっこう》に来《き》ていたエリは自分《じぶん》の席《せき》でなぜか浮《う》かない顔《かお》をしていた。ユリアは「おはよう、当麻《とうま》っち！」と明《あか》るく声《こえ》をかける。

「あ、ユリアさん、江原《えはら》くん。おはようございます。実《じつ》は折《お》り入《い》ってご相談《そうだん》があるんですけど……」

「ん？　ナニナニ？」

「オレ達《たち》でよかったら力《ちから》になるよ」

二人《ふたり》がそう答《こた》えると、エリは遠慮《えんりょ》がちにカバンの中《なか》から昨日《きのう》のラブレターを取《と》り出《だ》す。

「実《じつ》はこのラブレター、本当《ほんとう》にラブレターなのかわからなくなって……」

「どれどれ？　中身《なかみ》を見《み》ちゃってもいい？」

「はい、どうぞ」

エリの許可《きょか》をもらって、ユリア達《たち》は机《つくえ》の上《うえ》に並《なら》べられた何通《なんつう》かのラブレターに目《め》を通《とお》す。

するとそこに書《か》かれていたのは――


『このオレが付《つ》き合《あ》ってやると言《い》ってるんだ。ありがたく思《おも》え』

『エリの笑顔《えがお》はオレだけのもの。他《ほか》の連中《れんちゅう》に笑《わら》いかけるな！』

『おまえが望《のぞ》むなら、このオレが白馬《はくば》の王子《おうじ》となっておまえを迎《むか》えに行《い》ってやろう』


「……」

ラブレターを何通《なんつう》か読《よ》んだところで、さすがのユリアもポカンとしてしまった。

なんだろう、この上《うえ》から目線《めせん》の偉《えら》そうな口調《くちょう》。

手紙《てがみ》の内容《ないよう》も、ラブレターにしてはちょっとひどすぎる。

「ムキーッ！　なんなのさ、こいつ！　ユリアの親友《しんゆう》に向《む》かって、こんな乱暴《らんぼう》な命令《めいれい》するなんて！」

「ラブレターというより、脅迫状《きょうはくじょう》だね。もしかして全部《ぜんぶ》こんな内容《ないよう》だった？」

「はい。みんな似《に》たり寄《よ》ったりの内容《ないよう》でした。しかも送《おく》り主《ぬし》の名前《なまえ》が書《か》いてなくて……」

「うーん……」

謎《なぞ》のラブレターを前《まえ》に、無言《むごん》で深《ふか》く考《かんが》え込《こ》むユリア、エリ、シュリ。

だがオメガ高《こう》にやってきた嵐《あらし》はまだまだこんなものじゃなかった。

「失礼《しつれい》しまーす！　オメガ生花店《せいかてん》です。当麻《とうま》エリ様《さま》にお花《はな》を届《とど》けに上《あ》がりました〜！」

「えっ!?」

なんといきなり数人《すうにん》の花屋《はなや》の店員《てんいん》がバラの花束《はなたば》を抱《かか》えて入《はい》ってきたかと思《おも》ったら、机《つくえ》の上《うえ》や、ロッカーの上《うえ》、窓枠《まどわく》にバラの花束《はなたば》やリースを飾《かざ》りだし……。あっという間《ま》に教室《きょうしつ》を真《ま》っ赤《か》なバラで埋《う》め尽《つ》くしたのだ！

おかげで周《まわ》りを見渡《みわた》せば赤《あか》、赤《あか》、赤《あか》……。情熱《じょうねつ》の赤《あか》の乱舞《らんぶ》。

しかもいきなり教室中《きょうしつじゅう》に甘《あま》い香《かお》りが充満《じゅうまん》したものだから、具合《ぐあい》を悪《わる》くする生徒《せいと》が続出《ぞくしゅつ》してしまった。

「あの、私《わたし》、困《こま》ります。こんな大量《たいりょう》のお花《はな》、もらえません……っ」

「そう言《い》われてもこっちも商売《しょうばい》なんでねぇ～。あ、ここに受取《うけとり》サインお願《ねが》いしますね」

そう言《い》って花屋《はなや》は大量《たいりょう》のバラを置《お》いてさっさと退散《たいさん》してしまう。

「おい、一体《いったい》このバラはなんだっ⁉ またおまえの仕業《しわざ》か、相川《あいかわ》ユリア‼」

「違《ちが》う、違《ちが》う。ユリアじゃない！ 濡《ぬ》れ衣《ぎぬ》だよ～！」

この異常事態《いじょうじたい》を察知《さっち》して、野口副会長《のぐちふくかいちょう》や石川《いしかわ》、ヒカル達生徒会《たちせいとかい》の面々《めんめん》も教室《きょうしつ》にやってきた。その後《うし》ろから今度《こんど》は別《べつ》の業者《ぎょうしゃ》がやってくる。

「ご注文《ちゅうもん》ありがとうございます。アルファブライダルです。当麻《とうま》エリ様宛《さまあ》てにウェディングドレスをお届《とど》けに参《まい》りました～！」

「ええっ⁉」

「バラの次《つぎ》はドレスのプレゼント⁉」

「あわ、あわわわ～～～っ⁉」

エリがパニクっている間《あいだ》に、色々《いろいろ》なデザインのドレスが教室内《きょうしつない》に運《はこ》ばれてくる。

「当麻様《とうまさま》、どうぞこの中《なか》から好《す》きなデザインのドレスをお選《えら》び下《くだ》さい。それとこちらがブーケと結婚指輪《けっこんゆびわ》のパンフレットでございます」

「あわわわっ、私《わたし》まだ高校生《こうこうせい》なので結婚《けっこん》する予定《よてい》なんて……っ」

「おい、一体誰《いったいだれ》なんだ？　当麻相手《とうまあいて》にこんな派手《はで》な求婚《きゅうこん》をしでかす奴《やつ》は！」

オロオロと涙目《なみだめ》になるエリの前《まえ》に立《た》ち、石川《いしかわ》が声《こえ》を荒《あら》げる。

この突然《とつぜん》のプレゼント攻撃《こうげき》に、ユリアも珍《めずら》しく真剣《しんけん》な顔《かお》つきになった。

「このプレゼントの量《りょう》といい質《しつ》といい、相手《あいて》はただ者《もの》じゃないね……」

「当麻《とうま》さんに大量《たいりょう》のラブレターを送《おく》り付《つ》けたのもそいつかしら？」

「ふん、どちらにしてもはた迷惑《めいわく》な奴《やつ》だ」

ユリア達《たち》はその場《ば》で円陣《えんじん》を組《く》み、緊急会議《きんきゅうかいぎ》に入《はい》る。

これだけ派手《はで》なことをしでかすからには、相手《あいて》は相当《そうとう》なお金持《かねも》ちのはずだ。

そう、例《たと》えば――

「あちゃー、なんかすごいことになってるね。甘《あま》い香《かお》りのせいで頭《あたま》がくらくらするよ」

「あ、理事長《りじちょう》！」

「福澤《ふくざわ》くん！」

超《ちょう》がつくほどのお金持《かねも》ちといえば、オメガ高校理事長《こうこうりじちょう》である福澤《ふくざわ》ゆずきもその一人《ひとり》。

ユリア達《たち》が振《ふ》り返《かえ》ると、いつの間《ま》にかそのゆずきが教室《きょうしつ》の入《い》り口《ぐち》に立《た》っていた。

「もしかして……当麻《とうま》にラブレターを送《おく》ったのは理事長《りじちょう》なんですか⁉」

「確《たし》かに理事長《りじちょう》ほどの財力《ざいりょく》があれば、大量《たいりょう》のプレゼント攻撃《こうげき》も可能《かのう》かも……」

「おいおい、いくら僕《ぼく》でも自分《じぶん》の学校《がっこう》の生徒《せいと》に手《て》を出《だ》したりしないよ〜」

そう軽《かる》く肩《かた》をすくめ、ゆずきは副会長達《ふくかいちょうたち》の推測《すいそく》を否定《ひてい》する。

「てなわけで、もったいぶってもなんだから紹介《しょうかい》するよ。ホラ、利樹《としき》、入《はい》って来《こ》い！」

「⁉」

すると次《つぎ》の瞬間《しゅんかん》、どこからか黒服《くろふく》の男達《おとこたち》が現《あらわ》れ、廊下《ろうか》に真《ま》っ赤《か》な絨毯《じゅうたん》を敷《し》き詰《つ》めた。

さらにド派手《はで》なファンファーレと同時《どうじ》に、パカラッ、パカラッと馬《うま》の蹄《ひづめ》の音《おと》が響《ひび》く。

そうして教室《きょうしつ》の窓《まど》をくぐって現《あらわ》れたのは、白馬《はくば》に乗《の》った一人《ひとり》の少年《しょうねん》——

「やぁ、エリ。手紙《てがみ》でも伝《つた》えた通《とお》り、この大久保利樹様《おおくぼとしきさま》が白馬《はくば》の王子《おうじ》となってわざわざ迎《むか》えに来《き》てやったぞ！　これから二人《ふたり》で愛《あい》の国《くに》に旅立《たびだ》とう！」

「！」

ユリアやエリの前《まえ》に突然現《とつぜんあらわ》れたのは、西洋風《せいようふう》の王子《おうじ》のコスプレをした、いかにも生意気《なまいき》そうな男子《だんし》だった。大久保利樹《おおくぼとしき》と名乗《なの》った少年《しょうねん》は長《なが》めの前髪《まえがみ》をかき上《あ》げて、フッと口《くち》の端《はし》を上《あ》げて微笑《ほほえ》む。

「……誰《だれ》？　こいつ」

「当麻《とうま》さん、知《し》り合《あ》い？」

「いえ、ごめんなさい。全《まった》く見覚《みおぼ》えないんですけど……」

大久保利樹《おおくぼとしき》の登場《とうじょう》にドン引《び》きしたのはヒカルやシュリだけではない。ラブレターを送《おく》られたエリも、頭《あたま》の上《うえ》に大《おお》きなはてなマークを浮《う》かべている。

そこでゆずきが改《あらた》めてみんなに利樹《としき》を紹介《しょうかい》した。

「利樹《としき》は大久保《おおくぼ》アトラクションズという会社《かいしゃ》の御曹司《おんぞうし》なんだ。プリズムランドやレインボーパークを運営《うんえい》している会社《かいしゃ》って言《い》ったらわかるかな？」

「あ、知《し》ってます！　どちらも日本《にっぽん》を代表《だいひょう》する有名《ゆうめい》な遊園地《ゆうえんち》ですね！」

「ふっ、さすがオレのエリ。そう、我《わ》が大久保《おおくぼ》アトラクションズは、夢《ゆめ》と希望《きぼう》を与《あた》える大《だい》会社《がいしゃ》なのさ」

エリの答《こた》えに満足《まんぞく》したのか、利樹《としき》はまたまた長《なが》い前髪《まえがみ》をフッとかき上《あ》げる。

このファンタジックな白馬《はくば》の王子《おうじ》の格好《かっこう》も、遊園地《ゆうえんち》を運営《うんえい》する会社《かいしゃ》の御曹司《おんぞうし》だから……と言《い》われれば、納得《なっとく》できなくもない。

「で、利樹《としき》と僕《ぼく》はちょっとした親戚《しんせき》でね。この間《あいだ》、利樹《としき》がボクの経営《けいえい》する高校《こうこう》を見《み》てみたいって言《い》うんで校内《こうない》を案内《あんない》してたら……」

「その時《とき》にたまたま見《み》かけた当麻《とうま》さんを見初《みそ》めた、と……」

「そーゆーこと」

なるほど。つまりエリはいつの間《ま》にか利樹《としき》に一目惚《ひとめぼ》れされ、一方的《いっぽうてき》なアタックを受《う》けていたようだ。ただ命令口調《めいれいくちょう》のラブレターといい、迷惑《めいわく》なプレゼントといい、利樹《としき》のアタックの方向性《ほうこうせい》は、なんだかとんちんかんではあるが。

「ということで、エリ！　早速大々的《さっそくだいだいてき》に婚約《こんやく》パーティーを開《ひら》くぞ。ついて来《こ》い！」

「きゃあっ！」

「！」

利樹《としき》はエリの手《て》を強《つよ》く引《ひ》くと、一方的《いっぽうてき》に外《そと》へと連《つ》れ出《だ》そうとした。

もちろん利樹《としき》のワガママ三昧《ざんまい》なやり方《かた》に、ユリア達《たち》はすぐさま抗議《こうぎ》する。

「ちょっと待《ま》ったぁ！　当麻《とうま》っちと勝手《かって》に婚約《こんやく》なんてユリアが許《ゆる》さないからね！　大体当《だいたいとう》

麻《ま》っちの気持《きも》ち、利樹《としき》くんはまだ何《なに》も聞《き》いてないでしょ！」

「ふん、そんなの聞《き》かなくてもわかる。大金持《おおがねも》ちであるこのオレに好《す》かれて、幸《しあわ》せだと思《おも》わぬ女《おんな》などいない！」

利樹《としき》はふふんっと馬《うま》の上《うえ》でふんぞり返《かえ》った。そんな利樹《としき》の勘違《かんちが》いぶりに、ユリア達《たち》は呆《あき》れてしまう。

「うわ、これはひどい。福澤《ふくざわ》くんをさらに傲慢《ごうまん》にさせた感《かん》じだね……」

「うん、偏見《へんけん》は持《も》ちたくないけど、どーして金持《かねも》ちって自分《じぶん》を必要以上《ひつよういじょう》に過大評価《かだいひょうか》する傾《けい》向《こう》があるのかしら？」

「あのさー、君達《きみたち》。何気《なにげ》に理事長《りじちょう》である僕《ぼく》をコケにしてるよね？」

ユリア達《たち》に散々《さんざん》な評価《ひょうか》を受《う》け、思《おも》わず涙目《なみだめ》になるゆずき。

そんな話《はなし》をしている間《あいだ》に利樹《としき》の部下《ぶか》である黒服《くろふく》の男達《おとこたち》がユリア達《たち》の前《まえ》に立《た》ちはだかり、行《ゆ》く手《て》を阻《はば》んだ。

「あ、こら！　当麻《とうま》っちを返《かえ》せ――――っ!!」

「黙《だま》れ、庶民《しょみん》！　エリはオレの女《おんな》になるんだ！」

「ユリアさんっ！　い、石川《いしかわ》センパイ……！」

「当麻《とうま》！」

エリはユリアや石川《いしかわ》に向《む》かって必死《ひっし》に手《て》を伸《の》ばすものの、そのまま力《ちから》ずくで外《そと》に連《つ》れ出《だ》されてしまう。さらに上空《じょうくう》からバリバリと大《おお》きな音《おと》がしたかと思《おも》ったら、大久保財閥《おおくぼざいばつ》のヘリコプターが校庭《こうてい》の真《ま》ん中《なか》に着陸《ちゃくりく》した。

「ではアディオース、オメガ高校《こうこう》の生徒諸君《せいとしょくん》！　結婚式《けっこんしき》の記念写真《きねんしゃしん》くらいは届《とど》けてやるから感謝《かんしゃ》しろ！」

「ゴルァ！　何勝手《なにかって》なこと言《い》ってんだ！　当麻《とうま》っち返《かえ》せぇぇぇ〜〜〜!?」

「ユリアさん、みんな……っ！」

ユリアは両拳《りょうこぶし》を天《てん》に突《つ》き立《た》てながら利樹《としき》とエリの後《あと》を必死《ひっし》に追《お》うが、ヘリはあっという間《ま》に校庭《こうてい》を飛《と》び立《た》ってしまう。その場《ば》にポツンと残《のこ》されることになったユリアや石川達《いしかわたち》は、もちろん怒《いか》りを爆発《ばくはつ》させた。

「くっそー！　ユリアの親友《しんゆう》を誘拐《ゆうかい》するなんていい度胸《どきょう》してるね！」

「このまま黙《だま》ってなんかいられない。拉致監禁《らちかんきん》は立派《りっぱ》な犯罪《はんざい》だ」

「石川《いしかわ》センパイの言《い》う通《とお》りです。早速当麻《さっそくとうま》さんを助《たす》けに行《い》きましょう！」

こうしてオメガ高校《こうこう》は『当麻《とうま》エリ奪還《だっかん》！』という目的《もくてき》で、一致団結《いっちだんけつ》するのだった。

――一方《いっぽう》、エリが連《つ》れ去《さ》られて三十分後《さんじっぷんご》。ヘリはオメガ町《ちょう》のある地点《ちてん》に到着《とうちゃく》し、お城《しろ》ではないかと思《おも》うほどの大《おお》きな豪邸《ごうてい》の中《なか》に招《まね》き入《い》れられた。

中《なか》には西洋風《せいようふう》のきらびやかな家具《かぐ》が置《お》かれ、テーブルの上《うえ》にはフランスや中華《ちゅうか》、懐石料理《かいせきりょう》り、各国《かっこく》のスイーツが並《なら》べられている。さらにどうやって部屋《へや》の中《なか》に運《はこ》んだのか、大《おお》きなメリーゴーラウンドまで陽気《ようき》な音楽《おんがく》と共《とも》に回転《かいてん》していた。

「さぁ、エリ。好《す》きなものを食《た》べて、好《す》きな服《ふく》を着《き》て、好《す》きなように振《ふ》るまえ！　ありとあらゆる贅沢《ぜいたく》をさせてやるぞ!!」

「う、うぅ……っ」

利樹《としき》はエリが喜《よろこ》ぶと思《おも》っているのか、相変《あいか》わらず偉《えら》そうに高笑《たかわら》いしている。

だけどエリは一方的《いっぽうてき》なプレゼントなど嬉《うれ》しくないし、欲《ほ》しくもない。

「お願《ねが》いです、私《わたし》をみんなの所《ところ》に帰《かえ》して下《くだ》さい。私《わたし》は何《なに》もいりませんから」

「なっ!?　なぜだ!?　ここに集《あつ》めたのは一級品《いっきゅうひん》ばかりだぞ？」

「違《ちが》います、私《わたし》が欲《ほ》しいのは贅沢《ぜいたく》なプレゼントなんかじゃなくて……」

エリはしゃくり上《あ》げると、グスグスと泣《な》き始《はじ》めてしまった。

そんなエリを見《み》て利樹《としき》は不機嫌《ふきげん》になり、声《こえ》を荒《あら》げる。

「泣《な》くな！　一体何《いったいなに》が不満《ふまん》なんだ⁉　エリはいつも学校《がっこう》で楽《たの》しそうに笑《わら》っていただろ⁉　オレはその笑顔《えがお》に惚《ほ》れたんだ！」

「え？」

利樹《としき》は机《つくえ》の上《うえ》に置《お》いてあったバインダーを広《ひろ》げ、その中身《なかみ》を開《ひら》いてみせた。

そこに収集《しゅうしゅう》されていたのはエリの笑顔《えがお》が写《うつ》った大量《たいりょう》の写真《しゃしん》。どうやらエリに一目惚《ひとめぼ》れして以来《いらい》、利樹《としき》は部下《ぶか》に命《めい》じてこっそり隠《かく》し撮《ど》りしていたようだ。

「あ、これはユリアさん達《たち》と試験勉強《しけんべんきょう》した時《とき》の。こっちは掃除《そうじ》をしている時《とき》の……」

「そうだ。エリはいつも学校《がっこう》で明《あか》るく笑《わら》っていただろ？　そんなふうにオレの前《まえ》でも笑《わら》え！」

「ユリアさん、太宰《だざい》さん、江原《えはら》くん、石川《いしかわ》センパイ……」

だけど利樹《としき》が笑《わら》えと命令《めいれい》すればするほど、エリはみんなと写《うつ》った写真《しゃしん》を抱《だ》きしめてぽろぽろと涙《なみだ》をこぼす。利樹《としき》は予想外《よそうがい》の反応《はんのう》に、眉根《まゆね》を寄《よ》せて戸惑《とまど》った。

「お、おい、泣《な》くな。どうして笑《わら》わないんだ。オレはお前《まえ》に一般人《いっぱんじん》では味《あじ》わえない贅沢《ぜいたく》をさせてやると言《い》ってるんだぞ？」

「いえ、私《わたし》は贅沢《ぜいたく》なんて……」

エリは声《こえ》を詰《つ》まらせながら首《くび》を横《よこ》に振《ふ》った。

エリが一体何《いったいなに》を望《のぞ》んでいるのかわからなくて、利樹《としき》のイライラが最高潮《さいこうちょう》に達《たっ》する。


——ブーッ！　ブ———ッ！


「な、なんだ!?」

次《つぎ》の瞬間《しゅんかん》、豪邸中《ごうていじゅう》に大《おお》きな警報《けいほう》が鳴《な》り響《ひび》いた。利樹《としき》の部下《ぶか》である黒服《くろふく》の男達《おとこたち》も慌《あわ》てて部《へ》屋《や》に駆《か》け込《こ》んでくる。

「利樹様《としきさま》、侵入者《しんにゅうしゃ》です。どうやらオメガ高校《こうこう》の連中《れんちゅう》が乗《の》り込《こ》んできたようです！」

「なんだと!?」

「ユリアさんっ!?」

利樹《としき》は慌《あわ》ててタブレットを立《た》ち上《あ》げ、監視《かんし》カメラの映像《えいぞう》につないだ。

するといつの間《ま》にか豪邸《ごうてい》の一階《いっかい》、玄関口《げんかんぐち》である大広間《おおひろま》にユリア達《たち》オメガ高校《こうこう》の生徒会《せいとかい》が集《あつ》まっている。

「ヤッホー、利樹《としき》くん。当麻《とうま》っちを返《かえ》してもらいに来《き》たよー♪」

監視《かんし》カメラに向《む》かって、笑顔《えがお》で手《て》を振《ふ》るユリア。

利樹《としき》は館内《かんない》マイクを使《つか》って、ユリア達《たち》に大声《おおごえ》で怒鳴《どな》る。

「貴様《きさま》ら、この館《やかた》にどうやって入《はい》った？　いや、その前《まえ》にどうしてここがわかった?!」

「へへ、オメガ高《こう》にはラジコン同好会《どうこうかい》というクラブがありましてねぇ……」

ユリアがプロポと呼《よ》ばれるリモコンを取《と》り出《だ》すと、空飛《そらと》ぶ無人飛行機《むじんひこうき》・ドローンが広《ひろ》い大広間《おおひろま》をブイーンと旋回《せんかい》する。

「このドローンを使《つか》って利樹《としき》くんの乗《の》ったヘリを追跡《ついせき》しちゃいました☆　当麻《とうま》っちを返《かえ》してもらうまで、地獄《じごく》の果《は》てまで追《お》いかけちゃうからねー！」

「な……っ、ドローンは一般人《いっぱんじん》の使用禁止《しようきんし》のはずだろ?!」

「へへっ、実《じつ》はユリア、ドローンを操作《そうさ》できる第三級陸上特殊無線技士《だいさんきゅうりくじょうとくしゅむせんぎし》の免許《めんきょ》を持《も》ってるんでーす。だからノープロブレムだよ♪」

「な、なんだと！　ぐぬぬぬぬ……っ！」

さすがは天才《てんさい》・相川《あいかわ》ユリア！　あの緊急事態《きんきゅうじたい》の最中《さいちゅう》、とっさに機転《きてん》を利《き》かせてあっという間《ま》に連《つ》れ去《さ》られたエリの居場所《いばしょ》を突《つ》き止《と》めたのだ！

「それとここのセキュリティも簡単《かんたん》に突破《とっぱ》できちゃった。利樹《としき》くん、ちょっと油断《ゆだん》しすぎ！」

「誘拐《ゆうかい》は立派《りっぱ》な犯罪《はんざい》だ。大事《だいじ》になる前《まえ》に当麻《とうま》を解放《かいほう》しろ」

「オメガ高生徒会副会長《こうせいとかいふくかいちょう》として、さすがに我《わ》が校《こう》の生徒《せいと》を見捨《みす》てるわけにはいかないからな」

「ユリアさん、石川《いしかわ》センパイ、みんな……！」

ユリアと共《とも》にヒカルやシュリ、石川《いしかわ》、野口《のぐち》、芥川《あくたがわ》もエリを救出《きゅうしゅつ》するために豪邸《ごうてい》まで乗《の》り込《こ》んできたようだ。エリはモニターを見《み》ながら感激《かんげき》の涙《なみだ》を流《なが》す。

「ありがとうございます、みなさん！」

「当麻《とうま》っち、絶対《ぜったい》このお屋敷《やしき》から脱出《だっしゅつ》させてあげるからねー！」

「さぁて、じゃあ豪邸内《ごうていない》を探検《たんけん》するとしますか」

「くそ、こいつらいい気《き》になりやがって……！」

しかしユリア達《たち》の勇気《ゆうき》ある行動《こうどう》は、利樹《としき》をますます意固地《いこじ》にさせただけだった。利樹《としき》はタブレットをタップし、豪邸内《ごうていない》に仕掛《しか》けていたありとあらゆるトラップを始動《しどう》させる。

「エリは渡《わた》さない！　オレのいるこの六階《ろっかい》まで果《は》たして到達《とうたつ》できるかな⁈」

――ガチャ――――ンッ‼

次《つぎ》の瞬間《しゅんかん》、大広間《おおひろま》の天井《てんじょう》から鉄格子《てつごうし》が落《お》ちてきて、ユリア達《たち》を一人《ひとり》一人《ひとり》その檻《おり》の中《なか》に閉《と》じ込《こ》めてしまった！

これにはユリアもびっくりして、目《め》を白黒《しろくろ》させてしまう。

「うきゃあぁぁ〰〰〰⁉　なんだこれっ⁉」

「ふははは！　驚《おどろ》いたか。この豪邸《ごうてい》は元々大久保《もともとおおくぼ》アトラクションズの研究施設《けんきゅうしせつ》だったんだ！　おまえ達《たち》には脱出度《だっしゅつど》〇《ゼロ》%《パーセント》の脱出《だっしゅつ》ゲームに挑戦《ちょうせん》してもらう！」

「脱出度《だっしゅつど》〇《ゼロ》%《パーセント》⁈」

「好《す》きな女《おんな》の子《こ》を逃《に》がさないためにここまでするって……すごい執念《しゅうねん》だわ」

檻《おり》の中《なか》に閉《と》じ込《こ》められながら、絶句《ぜっく》するユリアやヒカル達《たち》。

こうしてエリの奪還《だっかん》に加《くわ》え、この巨大《きょだい》な豪邸《ごうてい》から脱出《だっしゅつ》するという新《あら》たな目標《もくひょう》が生《う》まれたのだ！

「さぁ、まずはその檻《おり》の中《なか》から全員脱出《ぜんいんだっしゅつ》してみろ。四《よっ》つの暗号《あんごう》を全員《ぜんいん》が解《と》くことができれば、檻《おり》は自動的《じどうてき》に開《ひら》くぞ？」

フフフ……と言《い》う自信満々《じしんまんまん》な利樹《としき》の声《こえ》が、屋敷中《やしきじゅう》に響《ひび》く。ユリア達《たち》は檻《おり》の中《なか》でその声《こえ》を聞《き》きながら、黒服達《くろふくたち》から謎解《なぞと》き用《よう》のタブレットを受《う》け取《と》った。

「ん、どれどれ？　まず最初《さいしょ》の暗号《あんごう》は……」

★暗号《あんごう》その一《いち》　悪戦苦闘《あくせんくとう》の場《ば》から抜《ぬ》け出《だ》したのは誰《だれ》？

悪戦苦闘

用意《ようい》されたのは、ところどころが欠《か》けた「悪戦苦闘《あくせんくとう》」の四文字《よんもじ》。『抜《ぬ》け出《だ》した』が暗号《あんごう》を解《と》くヒントだ。

「ふははっ、どうだ。暗号《あんごう》のレベルが一問目《いちもんめ》から高《たか》すぎたか？」

「はい、暗号解《あんごうと》けましたー。答《こた》えをぽちっとな！」

「な、なにぃっ⁉」

だが利樹《としき》に高笑《たかわら》いさせる暇《ひま》さえ与《あた》えず、ユリアはタブレットに暗号《あんごう》の答《こた》えを入力《にゅうりょく》！

どうやら正解《せいかい》だったようで、ユリアの檻《おり》の鍵《かぎ》がガチャリと自動《じどう》で開《ひら》く。

「はーい、ユリア、脱出一番乗《だっしゅついちばんの》り〰〰！　イェーイ♪」

「ふん、こんな暗号《あんごう》の解読《かいどく》、子供《こども》だましね」

ユリアに続《つづ》いてヒカルもさっさと暗号《あんごう》を解《と》いて檻《おり》から抜《ぬ》け出《だ》した。

エリートが通《かよ》うオメガ高校《こうこう》の生徒《せいと》だけあって、謎解《なぞと》きは得意《とくい》なのだ！

「ユリアさん、太宰《だざい》さん、さすがです……！」

「えへへ、当麻《とうま》っち、ユリアの華麗《かれい》な活躍見《かつやくみ》てるぅー？」

「なぜだ？　なぜそんな簡単《かんたん》に暗号《あんごう》が解《と》けるんだ⁉」

監視《かんし》モニターに向《む》かってV《ブイ》サインするユリアと、それを見《み》て悔《くや》しがる利樹《としき》。

ユリアはニカッと笑《わら》いながら暗号《あんごう》の解《と》き方《かた》を説明《せつめい》した。

「だって『悪戦苦闘《あくせんくとう》から抜《ぬ》け出《だ》した』がヒントなんでしょ？　つまり漢字《かんじ》から欠《か》けた部分《ぶぶん》を取《と》り出《だ》して文字《もじ》を作《つく》ればOK《オーケー》。悪《あく》の文字《もじ》から抜《ぬ》けている部分《ぶぶん》はカタカナの『エ』、同《おな》じように戦《せん》から抜《ぬ》けているのはカタカナの『リ』、同《おな》じように苦《く》からは『ー』、闘《とう》からは『ト』。これを並《なら》べて読《よ》むと『エリート』。つまり『エリート』が第一《だいいち》の暗号《あんごう》ってわけ!!」

「くっそー、正解《せいかい》だ!!」

完璧《かんぺき》なユリアの回答《かいとう》がムカついたのか、利樹《としき》はぐちゃぐちゃと長《なが》い前髪《まえがみ》をかき乱《みだ》す。

「それじゃあ第二《だいに》の暗号《あんごう》はどうだ？　今度《こんど》はそう簡単《かんたん》にはいかないぞ！」

「シュリくーん、頑張《がんば》って！　暗号《あんごう》なんてパパッと解《と》いて、利樹《としき》くんをまたまたぎゃふんと言《い》わせちゃおう！」

「うん、頑張《がんば》るよ、ユリアちゃん！」

いち早《はや》く檻《おり》から脱出《だっしゅつ》したユリアは、まだ檻《おり》の中《なか》にいるシュリに向《む》かってエールを送《おく》る。

★暗号《あんごう》その二《に》　この図形《ずけい》が指《さ》し示《しめ》す童話《どうわ》のタイトルは？

「ふはははっ、どうだ！　今度《こんど》こそ誰《だれ》も解《と》けな……」

「はい、ピンっと閃《ひらめ》きました。暗号《あんごう》の答《こた》えは『人魚姫《にんぎょひめ》』です！」

「ぐふっ！」

しかし利樹《としき》が何《なに》か言《い》おうと口《くち》を開《ひら》きかけたところで、今度《こんど》はシュリがあっという間《ま》に暗《あん》号《ごう》の答《こた》えを導《みちび》き出《だ》した！　もちろん答《こた》えは正解《せいかい》で、シュリは余裕《よゆう》で檻《おり》から脱出《だっしゅつ》する。

「きゃー、さすがシュリくん！　ユリア、またまた惚《ほ》れ直《なお》しちゃった〜！」

「ハハッ、大《おお》げさだよ、ユリアちゃん」

シュリが出《で》てくるなり、ぎゅっと全力《ぜんりょく》で抱《だ》きつくユリア。

どこにいても二人《ふたり》のラブラブパワーは健在《けんざい》なのだ！

「どうしてだ？　どうしておまえら、そんなにスラスラ暗号《あんごう》が解《と》けるんだ?!」

「だってこの問題《もんだい》、暗号《あんごう》の基本《きほん》の鏡文字《かがみもじ》じゃないですか。左右対称《さゆうたいしょう》だからすぐにわかりましたよ。これは鏡《かがみ》に写《うつ》したカタカナなんだって」

「ううぐ……っ」

「なるほど、確《たし》かに江原《えはら》くんの言《い》う通《とお》り、鏡文字《かがみもじ》だとわかってからこの図形《ずけい》を改《あらた》めて見《み》ると『マーメイド』の文字《もじ》が見《み》えてきますね！」

シュリの説明《せつめい》をエリも興味深《きょうみぶか》げにうんうんと相《あい》づちを打《う》ちながら聞《き》いている。

これであっという間《ま》に暗号《あんごう》の半分《はんぶん》が解《と》けた。

「ならばこれはどうだ。まだまだ暗号問題《あんごうもんだい》のネタはあるんだぞ?!」

さらに半分《はんぶん》やけくそ気味《ぎみ》に、第三問目《だいさんもんめ》が出題《しゅつだい》される。

★暗号《あんごう》その三《さん》　この漢字《かんじ》が表《あらわ》している場所《ばしょ》はどこ?

乙凡乙ー並卍凡日

「乙《おつ》、凡《ぼん》、乙《おつ》……それに卍《まんじ》?」

「見《み》た目《め》はちょっと地図記号《ちずきごう》に似《に》てるよね……」

第三問目《だいさんもんめ》は、さすがにシュリやヒカルも考《かんが》え込《こ》む。その横《よこ》でユリアがニコニコしながらヒントを出《だ》した。

「あのねー、これは見《み》た目《め》じゃなくて数字《すうじ》に関係《かんけい》があって……」

「相川《あいかわ》ユリア、黙《だま》ってろ」

「！」

そんなユリアの言葉《ことば》を素早《すばや》く遮《さえぎ》ったのは、檻《おり》の中《なか》にいる副会長《ふくかいちょう》だ。副会長《ふくかいちょう》は眼鏡《めがね》のブリッジをついっと押《お》し上《あ》げ、自信満々《じしんまんまん》に言《い》い放《はな》つ。

「このくらいの暗号《あんごう》、おまえの助《たす》けを借《か》りなくても解《と》いてみせる」

「そーそー、オレ達《たち》に任《まか》せといて」

さらに芥川《あくたがわ》もニコニコ笑《わら》って、タブレットに暗号《あんごう》を入力《にゅうりょく》し始《はじ》めた。どうやら二人《ふたり》は完璧《かんぺき》に答《こた》えがわかっているようだ。

「並《なら》べられた漢字《かんじ》は文字《もじ》そのものじゃなく画数《かくすう》に意味《いみ》がある。上《うえ》から順《じゅん》に1画《かく》、3画《かく》、1画《かく》、さらに8画《かく》、6画《かく》、3画《かく》、4画《かく》。この三桁《さんけた》、四桁《よんけた》と続《つづ》く七《なな》つの数字《すうじ》が表《あらわ》しているのはおそらく郵便番号《ゆうびんばんごう》……。つまり暗号《あんごう》が指示《しじ》した場所《ばしょ》は郵便番号《ゆうびんばんごう》131－8634。これに該当《がいとう》するのは東京《とうきょう》スカイツリーだ！」

ビシーッと副会長《ふくかいちょう》のポーズが決《き》まり、副会長《ふくかいちょう》と芥川《あくたがわ》も無事《ぶじ》檻《おり》の中《なか》から脱出《だっしゅつ》した！

これで残《のこ》りは石川《いしかわ》だけだ。

「すごい、すごいです、みなさん！　パッと問題《もんだい》を見《み》ただけで暗号《あんごう》を解読《かいどく》しちゃうなんて！」

「なんなんだ？　こいつら一体《いったい》なんなんなんだっ?!」

エリがパチパチと拍手《はくしゅ》する傍《かたわ》らで、利樹《としき》が悔《くや》しそうに地団太《じだんだ》を踏《ふ》む。

ただ一人《ひとり》檻《おり》に残《のこ》されたままの石川《いしかわ》が、監視《かんし》カメラをギラリとにらみつけた。

「おい、さっさと最後《さいご》の問題《もんだい》を出《だ》せ。こんな茶番《ちゃばん》はさっさと終《お》わらせる」

「ぐぬぬぬ……っ！」

「石川《いしかわ》センパイ……！」

その時《とき》、監視《かんし》モニタ越《ご》しに一瞬《いっしゅん》だけエリの視線《しせん》と石川《いしかわ》の視線《しせん》が絡《から》んだ。

エリはまっすぐで力強《ちからづよ》い石川《いしかわ》の眼差《まなざ》しにきゅんときてしまう。

★暗号《あんごう》その四《よん》　？部分《ぶぶん》に数字《すうじ》を入《い》れよ

1=1
5=3.7
10=4.5
50=4
100=4.8
500=?

「？に入《はい》る答《こた》えはズバリ〝7〟。暗号《あんごう》の数字《すうじ》は日本《にっぽん》で発行《はっこう》されている硬貨《こうか》の重《おも》さをグラムで表《あらわ》したもの。つまり五百円硬貨《ごひゃくえんこうか》は七《なな》グラム……というわけだ。よし、さっさと次《つぎ》の部屋《へや》に行《い》くぞ」

「ギャ――――ッ!!」

そして最後《さいご》まで残《のこ》されていた石川《いしかわ》の檻《おり》もガチャリと音《おと》を立《た》ててとうとう開《ひら》いた。

あっさり最後《さいご》の問題《もんだい》まで解《と》かれ、利樹《としき》は顔面蒼白《がんめんそうはく》になりながら悲鳴《ひめい》を上《あ》げる。

始《はじ》まる前《まえ》は難問《なんもん》ぞろいかと思《おも》われた暗号解読《あんごうかいどく》も、いざ挑戦《ちょうせん》してみればパーフェクト！

全問正解《ぜんもんせいかい》するのにわずか五分《ごふん》しかかからなかった。

「ひゃっほー！　さっすがみんなオメガ高校《こうこう》でトップの成績《せいせき》を取《と》ってるだけあるね。ユリア、誉《ほ》めてつかわすぞー！」

「おまえが偉《えら》そうにすんな！」

バンザイしながらはしゃぐユリアに、副会長《ふくかいちょう》が素早《すばや》いツッコミを入《い》れた。また四《よっ》つの暗《あん》号《ごう》を解読《かいどく》したことで大広間《おおひろま》のドアが自動《じどう》で開《ひら》き、そこから長《なが》い廊下《ろうか》が現《あらわ》れる。

「フフフ、この調子《ちょうし》で当麻《とうま》っちをすぐに救《すく》い出《だ》しちゃうからね！　オメガ高校《こうこう》は無敵《むてき》だよ！」

「ユリアさん……！」

『暗号《あんごう》の間《ま》』を見事突破《みごととっぱ》したユリア達《たち》は、ウキウキと軽《かる》い足取《あしど》りで次《つぎ》のアトラクションへと向《む》かう。しかし最初《さいしょ》の難関《なんかん》を苦労《くろう》もせず突破《とっぱ》された利樹《としき》は、メラメラと闘争心《とうそうしん》を燃《も》やしていた。

「くそ、許《ゆる》さないぞ、オメガ高校《こうこう》め。そう簡単《かんたん》にエリを奪《うば》わせはしないからな――!!」


次《つぎ》にユリア達《たち》がやってきたのは『音楽《おんがく》の間《ま》』という看板《かんばん》が掲《かか》げられた部屋《へや》だった。天井《てんじょう》にはキラキラと輝《かがや》く豪華《ごうか》なシャンデリア。博物館並《はくぶつかんな》みに広《ひろ》いフロアには何百《なんびゃく》……いや何千《なんぜん》ものオルゴールが集《あつ》められ、美《うつく》しい音《おと》を奏《かな》でている。

「うっわ～、すごい。まるで音楽《おんがく》の世界《せかい》に迷《まよ》い込《こ》んだみたい♪」

「確《たし》か北海道《ほっかいどう》の小樽《おたる》にも、こうしてオルゴールを集《あつ》めたオルゴール館《かん》があったよね」

「素敵《すてき》～♡　シュリくん、いつか二人《ふたり》で行《い》こうね」

「うん、もちろん♪」

「ちょっとあんた達《たち》、もう少《すこ》し緊張感《きんちょうかん》ってものをね……」

「太宰《だざい》、バカはほっとけ」

ピリピリと緊迫《きんぱく》したムードの中《なか》で、所構《ところかま》わずイチャイチャしだすユリアとシュリ。二人《ふたり》を無視《むし》して、副会長《ふくかいちょう》や石川《いしかわ》は広《ひろ》いフロアを探索《たんさく》し始《はじ》める。

「それにしてもおかしいな。この『音楽《おんがく》の間《ま》』には次《つぎ》の部屋《へや》へと続《つづ》く出口《でぐち》がない……」

「確《たし》か大久保《おおくぼ》くん、当麻《とうま》さんと一緒《いっしょ》に六階《ろっかい》にいるって言《い》ってたわよね？」

「なるほど、つまりこの『音楽《おんがく》の間《ま》』から上《うえ》へと続《つづ》く階段《かいだん》を探《さが》さなきゃってことか」

たくさんのオルゴールが鳴《な》り響《ひび》く中《なか》、一《ひと》つ一《ひと》つ丹念《たんねん》に調《しら》べていく副会長達《ふくかいちょうたち》。

だがさすがに数《かず》が多《おお》すぎて、先《さき》ほどの暗号解読《あんごうかいどく》のように簡単《かんたん》に答《こた》えはわからなかった。

「う～、それにしてもこの音《おと》の洪水《こうずい》、気持《きも》ち悪《わる》い……」

「ヒカるん？」

そんな中《なか》で、絶対音感《ぜったいおんかん》を持《も》つヒカルはオルゴールの音《おと》に刺激《しげき》されたのか、両手《りょうて》で耳《みみ》を押《お》さえながら途中《とちゅう》で立《た》ち止《ど》まってしまう。耳《みみ》がよすぎるだけに、大量《たいりょう》に流《なが》れるオルゴールの音楽《おんがく》が過剰《かじょう》な刺激《しげき》になっているのだ。

「太宰《だざい》さん、大丈夫《だいじょうぶ》？　なんなら外《そと》で休憩《きゅうけい》してる？」

「ありがと、江原《えはら》くん。でもうちカラオケ屋《や》だし、この手《て》の雑音《ざつおん》には慣《な》れてるから」

「でもヒカるんって、不協和音《ふきょうわおん》を耳《みみ》にすると気持《きも》ち悪《わる》くなったりするじゃない？　もしかしたらその辺《あた》りにこの『音楽《おんがく》の間《ま》』を攻略《こうりゃく》するヒントがあるのかも」

「！」

ユリアがそうつぶやくと、みんなの視線《しせん》が一気《いっき》にヒカルに集中《しゅうちゅう》した。

ヒカル自身《じしん》もキッと視線《しせん》を鋭《するど》くし、辺《あた》りをぐるりと見回《みまわ》す。

「そうね。確《たし》かにここには私《わたし》を不快《ふかい》にさせる、何《なに》か特別《とくべつ》な〝音《おと》〟があるのかもしれない」

「うん、ヒカるん。ここはヒカるんだけが頼《たよ》りだよ。もう少《すこ》し耳《みみ》を澄《す》ましてみて？」

「……」

ユリアやみんなが見守《みまも》る中《なか》、ヒカルは目《め》を閉《と》じると一度《いちど》大《おお》きく息《いき》を吸《す》い込《こ》んで深呼吸《しんこきゅう》した。そしてたくさんの音楽《おんがく》の中《なか》から、たった一《ひと》つの音《おと》を探《さが》し出《だ》す。

「……っ！　わかった、こっちよ！　あの奥《おく》に置《お》いてある骨董品《こっとうひん》のオルゴールの音《おと》が、ほんのちょっとだけずれてるわ！」

「本当《ほんとう》か?!」

「さすがヒカるん！」

ヒカルが走《はし》りだしたと同時《どうじ》に、ユリア達《たち》もその後《あと》を追《お》った。ヒカルが見《み》つけたのは台《だい》の上《うえ》で円盤《えんばん》が回《まわ》るレコード型《がた》の大《おお》きなディスクオルゴールだ。

「このオルゴールの曲《きょく》って確《たし》かグリーグ作曲《さっきょく》の『朝《あさ》』だよね？」

「戯曲《ぎきょく》ペール・ギュントの第一組曲《だいいちくみきょく》の有名《ゆうめい》すぎる曲《きょく》だな」

「でも別《べつ》にこの曲《きょく》、どこも変《へん》じゃないけど……」

シュリ達《たち》は問題《もんだい》のオルゴールを前《まえ》にして首《くび》を傾《かし》げる。

けれどヒカルは強《つよ》い口調《くちょう》で断言《だんげん》した。

「いいえ、やっぱりこのオルゴール、ところどころ音《おと》がずれてる。ほんの少《すこ》しの歪《ゆが》みだけど、私《わたし》にはわかる」

「ということはこのオルゴールを正《ただ》しく調律《ちょうりつ》し直《なお》せば、この部屋《へや》の出口《でぐち》が見《み》つかるかもしれないね！　やったねヒカるん！」

ユリアはきゃあっと黄色《きいろ》い声《こえ》を上《あ》げてヒカルに抱《だ》きついた。でもヒカルは困《こま》ったように眉間《みけん》に皺《しわ》を寄《よ》せる。

「でも私《わたし》、音《おと》の歪《ゆが》みはわかってもオルゴールの調律《ちょうりつ》はできないわ」

「大丈夫《だいじょうぶ》。これは脱出《だっしゅつ》ゲーム用《よう》のアトラクションだもん。ほら、オルゴールを調律《ちょうりつ》するための音響《おんきょう》ミキサーがちゃんと脇《わき》に用意《ようい》されてるよ」

「あ、本当《ほんとう》だ」

ユリアの指摘通《してきどお》り、ディスクオルゴールの脇《わき》にはレコーディングスタジオにあるような機材《きざい》が置《お》いてあった。だがそのスイッチやつまみの数《かず》は音符《おんぷ》と同《おな》じ数《かず》だけ、何百《なんびゃく》とある。その全《すべ》ての調律《ちょうりつ》ボタンを正解《せいかい》しなければ、先《さき》に進《すす》めない仕《し》組《く》みとなっているのだ。

「ということでヒカるん、お願《ねが》い！　ここはヒカるんの絶対音感《ぜったいおんかん》の見《み》せ場《ば》だよ！」

「も～、仕方《しかた》ないわね！　いいわよ、任《まか》せておきなさい！」

だけどこの超難問《ちょうなんもん》を前《まえ》にしても、ヒカルは怯《ひる》むどころか、むしろ不敵《ふてき》な笑《え》みを浮《う》かべていた。くるくると回《まわ》るオルゴールの円盤《えんばん》に合《あ》わせて、リズムよく調律《ちょうりつ》ボタンを押《お》していく。

「ここね。５小節目《しょうせつめ》のソミソのソの音《おと》を半音上《はんおんあ》げて、４小節目《しょうせつめ》のソシレのソとシは逆《ぎゃく》に半《はん》音下《おんさ》げるわ！」

「ほいほい」

「さらに二段目《にだんめ》３小節《しょうせつ》目《め》のシャープになってる音《おと》を全《すべ》て元《もと》の高《たか》さに戻《もど》す！」

カチャカチャと一切《いっさい》のためらいなく、ヒカルは高速《こうそく》で音響《おんきょう》ミキサーのスイッチを切《き》り替《か》えていった。すると最初《さいしょ》は音《おと》の歪《ゆが》みに気《き》づかなかった副会長《ふくかいちょう》やシュリ達《たち》も、音《おと》の違《ちが》いがわかるようになってくる。

「本当《ほんとう》だ、最初《さいしょ》は全然《ぜんぜん》わからなかったけど、調律《ちょうりつ》をすればするほどメロディがだんだん柔《やわ》らかくのびやかになってくる……」

「やはりオルゴールの音《おと》はところどころ歪《ゆが》んでいたんだな」

キラキラと瞳《ひとみ》を輝《かがや》かせながら、次々《つぎつぎ》とオルゴールを調律《ちょうりつ》していくヒカル！

何百《なんびゃく》という音《おと》の歪《ゆが》みを全《すべ》て聞《き》き分《わ》けるヒカルの姿《すがた》に、シュリ達《たち》も素直《すなお》に称賛《しょうさん》の拍手《はくしゅ》を送《おく》った。

「さぁ、これでどう！」

そしてヒカルはフィニッシュ！　とばかりに、最後《さいご》のボタンのスイッチを押《お》した。

調律《ちょうりつ》が終《お》わりオルゴールが完璧《かんぺき》な『朝《あさ》』のメロディを奏《かな》で始《はじ》めると、突然天井《とつぜんてんじょう》がガコンッと大《おお》きな音《おと》を立《た》てて開《ひら》いた。ユリアの予想通《よそうどお》り、やはりこのオルゴールが『音楽《おんがく》の間《ま》』の鍵《かぎ》となっていて、次《つぎ》のフロアへと続《つづ》く隠《かく》し階段《かいだん》が現《あらわ》れたのだ！

「やったー！『音楽《おんがく》の間《ま》』、完全攻略《かんぜんこうりゃく》〜〜〜!!」

「お疲《つか》れ様《さま》！　お手柄《てがら》だったよ、太宰《だざい》さん！」

「どーいたしまして！」

パン！　と小気味《こきみ》いい音《おと》と共《とも》に、ヒカルはユリア達《たち》と笑顔《えがお》でハイタッチした。

ヒカルの活躍《かつやく》で、オルゴールの調律《ちょうりつ》という超難関課題《ちょうなんかんかだい》を見事《みごと》クリアしたのだ！

「なんなんだ、こいつら！　なんであんなわずかの音《おと》の違《ちが》いを聞《き》き分《わ》けられる⁉」

一方《いっぽう》、その様子《ようす》を一部始終《いちぶしじゅう》をモニターから見《み》ていた利樹《としき》は長《なが》い前髪《まえがみ》をグシャグシャにして悔《くや》しがった。まさかオルゴールの調律《ちょうりつ》までクリアされるなんて思《おも》わなかったのだ。

「当《あ》たり前《まえ》です。だって太宰《だざい》さんも超《ちょう》エリート校《こう》・オメガ高校《こうこう》の生徒《せいと》なんですから」

だけどそんなヒカルやユリア達《たち》を見《み》て、エリは誇《ほこ》らしげに微笑《ほほえ》んだ。

この豪邸《ごうてい》に来《き》て初《はじ》めてエリが笑《わら》うのを見《み》て、利樹《としき》は一瞬《いっしゅん》動《うご》きを止《と》める。

「エ、エリ……？」

「私《わたし》、信《しん》じてます。オメガ高《こう》のみんなならきっとこの部屋《へや》まで辿《たど》り着《つ》いてくれるって！」

「……」

――だから私《わたし》、もう泣《な》きません。だって私《わたし》もオメガ高校《こうこう》の生徒《せいと》だから！

エリは自分《じぶん》のために闘《たたか》ってくれているユリア達《たち》の姿《すがた》を見《み》て、自分《じぶん》も強《つよ》くならなきゃ！

……と改《あらた》めて勇気《ゆうき》づけられるのだった。

その後《あと》、ユリア達《たち》はエリを奪還《だっかん》するため様々《さまざま》なトラップに挑戦《ちょうせん》した。

時《とき》には古典的《こてんてき》な落《お》とし穴《あな》が仕掛《しか》けられてあったり、巨大迷路《きょだいめいろ》の中《なか》に迷《まよ》い込《こ》んだりしたが、それらの試練《しれん》も難《なん》なく突破《とっぱ》！

そうしてユリア達《たち》は豪邸《ごうてい》のかなり上階《じょうかい》まで進《すす》んだ。

「ねえ、ここって何階《なんかい》くらいかなー？」

「四《よっ》つの階段《かいだん》を上《のぼ》ってきたんだから、五階《ごかい》じゃない？」

「うーむ、ならばそろそろゴールに辿《たど》り着《つ》いてもいい頃《ころ》だと思《おも》うが……」

ユリア達《たち》は自分達《じぶんたち》の位置《いち》を確認《かくにん》しながら前《まえ》に進《すす》む。するとどこからかパシュッ、パシュッという音《おと》が響《ひび》き、ユリアの頬《ほお》の横《よこ》を何《なに》かがかすめていった。

「うわっ、何《なに》?!」

「ユリアちゃん、危《あぶ》ない！」

危機《きき》を察知《さっち》したシュリは、咄嗟《とっさ》に両手《りょうて》を広《ひろ》げ背後《はいご》にいるユリアを庇《かば》った。

頬《ほお》を掠《かす》めていった物体《ぶったい》は近《ちか》くの壁《かべ》にペシャッと当《あ》たり、真《ま》っ赤《か》な液体《えきたい》を散《ち》らす。

それと同時《どうじ》に、廊下《ろうか》の突《つ》き当《あ》たりの部屋《へや》のドアが開《ひら》き、黒服《くろふく》の男達《おとこたち》がわらわらと姿《すがた》を現《あらわ》した。

「オメガ高校《こうこう》の生徒諸君《せいとしょくん》、ここから先《さき》には進《すす》ませないぞ！　この先《さき》に進《すす》みたければ我々《われわれ》を倒《たお》して行《い》くんだな！　ははははは！」

黒服《くろふく》の男達《おとこたち》は顔《かお》にサバイバル・ゴーグルをつけ、モデルガンを手《て》にしていた。

どうやらこの先《さき》は、サバイバル・シューティングフロアになっているようだ。

「なるほど、モデルガンには赤《あか》のペイント弾《だん》が詰《つ》められていて、それが体《からだ》に付着《ふちゃく》した方《ほう》が負《ま》け……というわけか。ごていねいにオレ達《たち》の分《ぶん》のモデルガンも用意《ようい》されている」

「へー、なんか楽《たの》しそう！　ユリア、ワクワクしてきたー！」

「でもこちらに用意《ようい》されたゴーグルとモデルガンは二人分《ふたりぶん》しかありませんね。つまりオレ達《たち》のうち誰《だれ》か二人《ふたり》が、みんなの代表《だいひょう》になる必要《ひつよう》があります」

ユリア達《たち》は近《ちか》くにあった巨大《きょだい》オブジェの陰《かげ》に隠《かく》れて、作戦会議《さくせんかいぎ》を開《ひら》いた。

そこで代表《だいひょう》に立候補《りっこうほ》したのは石川《いしかわ》とシュリだ。

「悪《わる》いがここはオレに任《まか》せてくれないか。この手《て》のゲームには少《すこ》しばかり自信《じしん》がある」

「そっか、石川《いしかわ》くんのお父《とう》さんって警察官《けいさつかん》だったよね！　こーゆーの得意《とくい》そう!!」

「だったらオレも参加《さんか》しようかな。ユリアちゃんがシューティングに自信《じしん》あるって言《い》うなら遠慮《えんりょ》するけど……」

「ううん、ユリア、シュリくんが活躍《かつやく》するとこ見《み》たい！　シュリくん、頑張《がんば》ってー‼」

「うん、ありがと、ユリアちゃん」

こうしてオメガ高校《こうこう》の代表《だいひょう》は石川《いしかわ》とシュリに決《き》まった。二人《ふたり》は素早《すばや》くゴーグルとモデルガンを身《み》につけると、入《い》り口《ぐち》の前《まえ》でお互《たが》いの動《うご》きを確認《かくにん》し合《あ》う。

「江原《えはら》、モデルガンは縦《たて》ではなく横《よこ》に構《かま》えろ。弾《たま》を撃《う》っているうちに無意識《むいしき》に銃身《じゅうしん》の重《おも》さで狙《ねら》いがずれてくるからな」

「はい、了解《りょうかい》です！　でもセンパイ、本当《ほんとう》に銃《じゅう》の扱《あつか》いに詳《くわ》しいですね……」

「去年《きょねん》、家族《かぞく》でハワイ旅行《りょこう》に行《い》った時《とき》、射撃場《しゃげきじょう》で父《ちち》から直《じか》に手《て》ほどきを受《う》けたんだ」

シュリは「なるほど！」とポンッと膝《ひざ》を打《う》った。

どうやら噂《うわさ》で聞《き》く以上《いじょう》に、石川家《いしかわけ》はお堅《かた》い警察一家《けいさついっか》のようだ。

「ちなみに囮役《おとりやく》は任《まか》せて下《くだ》さい。オレも実家《じっか》のバイトで修羅場《しゅらば》慣《な》れしてるので」

「助《たす》かる」

二人《ふたり》は綿密《めんみつ》に打《う》ち合《あ》わせすると、意《い》を決《けっ》してシューティングフロアに飛《と》び込《こ》んだ！

「ははは、制限時間《せいげんじかん》は十分《じっぷん》だ！　たった二人《ふたり》で二十人《にじゅうにん》の黒服達《くろふくたち》を倒《たお》すことができるか⁉」

シューティングゲームが始《はじ》まった途端《とたん》、またまた利樹《としき》の高笑《たかわら》いが館内中《かんないじゅう》に響《ひび》く。

けれど石川《いしかわ》は顔色《かおいろ》一《ひと》つ変《か》えずに、モデルガンを構《かま》えながらつぶやいた。

「ふん、数《かず》が多《おお》ければ勝《か》てると思《おも》う方《ほう》が……愚《おろ》かだ」


――そして三分後《さんぷんご》。圧倒的《あっとうてき》に不利《ふり》だと思《おも》われた形勢《けいせい》はあっという間《ま》に逆転《ぎゃくてん》した。

「右《みぎ》だ、江原《えはら》！」

「了解《りょうかい》です！」

「ぐはっ！」

石川《いしかわ》とシュリは同時《どうじ》に物陰《ものかげ》から飛《と》び出《だ》すと、前方《ぜんぽう》に固《かた》まった黒服達《くろふくたち》を右《みぎ》から順《じゅん》に撃《う》っていった。

二人《ふたり》の的確《てきかく》な射撃《しゃげき》で男達《おとこたち》の服《ふく》は赤《あか》に染《そ》まり、次々《つぎつぎ》とゲームから脱落《だつらく》していく。

黒服達《くろふくたち》も負《ま》けじと応戦《おうせん》するが石川《いしかわ》とシュリの動《うご》きは素早《すばや》くて、なかなか狙《ねら》いが定《さだ》まらない。その上自分達《うえじぶんたち》の数《かず》が多《おお》いのをいいことに最初《さいしょ》からモデルガンを乱射《らんしゃ》していたので、あっという間《ま》に手持《ても》ちの弾《たま》が尽《つ》きてしまったのだ！

「こら、お前《まえ》らたった二人相手《ふたりあいて》に何《なに》をやっている！ 立《た》て続《つづ》けに十人《じゅうにん》やられたじゃないか！」

「申《もう》し訳《わけ》ありません、利樹様《としきさま》！」

黒服達《くろふくたち》は慌《あわ》てて弾《たま》を補充《ほじゅう》しようとするが、もたもたとしているその隙《すき》をついてまたまた石川《いしかわ》が狙撃《そげき》！

石川《いしかわ》とシュリはたった二人《ふたり》で不利《ふり》なことから、

①自分《じぶん》から敵《てき》に近《ちか》づくのではなく、敵《てき》が近《ちか》づいてくるのを待《ま》つ

②走《はし》っている敵《てき》に当《あ》てるのは難《むずか》しいので止《と》まったところを狙《ねら》い撃《う》つ

③最初《さいしょ》の弾《たま》を外《はず》したら、敵《てき》に見《み》つからないようにすぐに移動《いどう》する

……というシューティングゲームの基本的《きほんてき》な戦略《せんりゃく》を実行《じっこう》したのだ。

その結果《けっか》、作戦《さくせん》は大当《おおあ》たり！　元々人数《もともとにんずう》が多《おお》いだけで統率《とうそつ》のとれていなかった黒服達《くろふくたち》は、次々《つぎつぎ》と赤《あか》ペイント弾《だん》の餌食《えじき》になっていった。

「きゃー、シュリくんカッコいいー！　ユリア、またまた惚《ほ》れ直《なお》しちゃったぁ♪」

「まさか石川《いしかわ》にこんな才能《さいのう》があったとは！」

フロアに設置《せっち》されたモニタを見《み》ながら、ユリア達《たち》も石川《いしかわ》とシュリの活躍《かつやく》に大歓喜《だいかんき》！

勝負《しょうぶ》は制限時間《せいげんじかん》の十分《じっぷん》どころか、わずか五分《ごふん》でついてしまった。

「よし、江原《えはら》、最後《さいご》の一人《ひとり》だ！」

「了解《りょうかい》です」

「う、うわぁぁぁ〰〰っ！」

フロアの袋小路《ふくろこうじ》に追《お》い詰《つ》められた最後《さいご》の黒服《くろふく》は逃《に》げ場《ば》を失《うしな》って、情《なさ》けなく尻餅《しりもち》をついた。

石川《いしかわ》はモデルガンのトリガーに人差《ひとさ》し指《ゆび》をかけながら、スッと目《め》を細《ほそ》める。

「オレは多勢《たぜい》に無勢《ぶぜい》で攻《せ》めてくる、おまえ達《たち》のような卑怯《ひきょう》な奴《やつ》らが大嫌《だいきら》いだ」

「気《き》が合《あ》いますね。実《じつ》はオレもです」

モデルガンを構《かま》えながらニッと視線《しせん》を交《か》わす石川《いしかわ》とシュリ。

元々警察官《もともとけいさつかん》を目指《めざ》す石川《いしかわ》と弁護士《べんごし》の夢《ゆめ》を持《も》つシュリは、誰《だれ》よりも正義感《せいぎかん》が強《つよ》い。

ここに意外《いがい》な共通点《きょうつうてん》で結《むす》ばれた最強《さいきょう》コンビが誕生《たんじょう》したのだ！

「当麻《とうま》、待《ま》ってろ。もうすぐおまえを迎《むか》えに行《い》く」

「石川《いしかわ》センパイ……！」

石川《いしかわ》は監視《かんし》カメラ越《ご》しにエリにメッセージを送《おく》った。

エリは石川《いしかわ》のカッコいい姿《すがた》に胸《むね》がときめき、瞳《ひとみ》が涙《なみだ》で潤《うる》んでくる。

そして最後《さいご》の黒服《くろふく》が赤色《あかいろ》に染《そ》まった瞬間《しゅんかん》に、ゲーム終了《しゅうりょう》のサイレンが鳴《な》り響《ひび》いた。

「やったー！　サバイバル・シューティングゲーム、コンプリート」

「終《お》わってみれば石川《いしかわ》も江原《えはら》も被弾率《ひだんりつ》〇%《ゼロパーセント》、銃《じゅう》の命中率《めいちゅうりつ》百%《ひゃくパーセント》か。フッ、それでこそオメガ高《こう》の生徒《せいと》だ」

「ぐぬぬぬ……っ！　まさかこのゲームまでクリアされるなんて!!」

こうして見事《みごと》にユリア達《たち》は先《さき》に進《すす》むことに成功《せいこう》した！

『暗号《あんごう》の間《ま》』に始《はじ》まり『音楽《おんがく》の間《ま》』、巨大迷路《きょだいめいろ》、サバイバル・シューティング……などなど。

今回《こんかい》はユリアだけでなく、他《ほか》のメンバーも大活躍《だいかつやく》！

チーム一丸《いちがん》となったオメガ高校《こうこう》に死角《しかく》はない。

ユリア達《たち》はサバイバル・シューティングフロアを走《はし》り抜《ぬ》けると、上階《じょうかい》に続《つづ》く階段《かいだん》を一気《いっき》に駆《か》け上《あ》がった。

「見《み》えた！　なんかあの豪華《ごうか》な扉《とびら》がそれっぽくない？」

「よし、おそらくゴールだな！」

エリが閉《と》じ込《こ》められているだろう部屋《へや》が目前《もくぜん》まで近《ちか》づいて、自然《しぜん》と笑顔《えがお》になるユリア達《たち》。

だがあともう少《すこ》しでエリ救出《きゅうしゅつ》！……というところで、今回《こんかい》の脱出《だっしゅつ》ゲーム一番《いちばん》の難関《なんかん》が待《ま》ち受《う》けていた！

【最後《さいご》のゲームです。大久保利樹《おおくぼとしき》のプライベートルームの鍵《かぎ》の価格《かかく》・十億円《じゅうおくえん》】

ズコ――――ッ!!

文字通《もじどお》り、最後《さいご》のゲームの内容《ないよう》を見《み》てユリア達《たち》は廊下《ろうか》で派手《はで》にこけた。

利樹《とした》の部屋《へや》の鍵《かぎ》は扉前《とびらまえ》に置《お》かれたガラスケースの中《なか》に入《はい》っているが、十億円《じゅうおくえん》を払《はら》わなければ手《て》に入《はい》らないというルールだ。

この土壇場《どたんば》に来《き》ていきなり大金《たいきん》を要求《ようきゅう》してきた利樹《とした》に対《たい》し、ユリアの怒《いか》りが爆発《ばくはつ》した。

「ちょっと何《なに》、これ!? ゲームでもなんでもないじゃん！」

「そうよ、大体高校生《だいたいこうこうせい》の私達《わたしたち》に十億円払《じゅうおくえんはら》うなんて絶対無理《ぜったいむり》でしょ……」

「負《ま》けおしみもここまで来《く》ると、むしろあっぱれだな」

こめかみに青筋《あおすじ》を立《た》てて怒《おこ》るユリアの横《よこ》で、アホらしいと脱力《だつりょく》するヒカル達《たち》。

だけどメチャクチャでもなんでもこの扉《とびら》を開《あ》けられなければ、エリを救出《きゅうしゅつ》することはできないのだ。

「あっれ～？　そんな所《とこ》でうずくまったりしちゃって、みんなどうしたの？」

「！」

そこに意外《いがい》な人物《じんぶつ》が突然現《とつぜんあらわ》れた。

へらへらと笑《わら》いながらゆっくり階段《かいだん》を上《のぼ》ってきたのは――オメガ高校《こうこう》の理事長《りじちょう》・福澤《ふくざわ》ゆずき。どうやら大遅刻《だいちこく》でユリア達《たち》の後《あと》を追《お》ってきたらしい。

「ちょっと福澤《ふくざわ》くん、今《いま》さらのこのこ何《なに》しにきたの!?　福澤《ふくざわ》くんの親戚《しんせき》のせいでユリア達《たち》、今超《いまちょう》ピンチになってるんだけど！」

「そうですよ。こっちは散々《さんざん》振《ふ》り回《まわ》されていい迷惑《めいわく》です」

「アハハ、ごめんね。利樹《としき》は強情《ごうじょう》で、他人《たにん》の意見《いけん》を聞《き》かないところがあるからさ～」

ゆずきはそう笑《わら》いながら、ドアの前《まえ》で立《た》ち止《ど》まる。

「ふむふむ、なるほど。利樹《としき》の部屋《へや》の鍵《かぎ》の値段《ねだん》が十億円《じゅうおくえん》ね。いかにもあいつが考《かんが》えそうな悪《わる》あがきだな」

「理事長《りじちょう》……？」

「仕方《しかた》ない、じゃあここは僕《ぼく》がみんなのために一肌脱《ひとはだぬ》ぐよ」

「えっ?!」

ゆずきは制服《せいふく》の胸《むね》ポケットからサッとクレジットカードを取《と》り出《だ》すと、ガラスケースの脇《わき》についていたカードリーダーにクレジットカードを挿《さ》し込《こ》んだ。

すると『お買《か》い上《あ》げありがとうございます。十億円《じゅうおくえん》の取引《とりひき》、確《たし》かに終了《しゅうりょう》しました』と音《おん》声《せい》アナウンスが流《なが》れ、ガラスケースがあっさりと開《ひら》く。

なんとゆずきは十億円《じゅうおくえん》という大金《たいきん》を払《はら》って、部屋《へや》の鍵《かぎ》を手《て》に入《い》れてくれたのだ！

「え？　やだ、福澤《ふくざわ》くんってば、なんかメッチャいい人《ひと》ぉ～♪」

「さすが理事長《りじちょう》！　生徒《せいと》のために私財《しざい》をなげうつ。その心意気《こころいき》に感服《かんぷく》です！」

「オレ達《たち》、今《いま》まで理事長《りじちょう》のことを誤解《ごかい》していました。すいません！」

「……。君《きみ》らいきなり手《て》のひら返《かえ》しすぎ」

鍵《かぎ》が手《て》に入《はい》った途端《とたん》、瞳《ひとみ》をキラキラさせながらゆずきをよいしょし始《はじ》める調子《ちょうし》のいいユリア達《たち》。その態度《たいど》に呆《あき》れつつ、ゆずきは軽《かる》く肩《かた》をすくめる。

「まぁ、いいよ。僕《ぼく》も親戚《しんせき》として利樹《としき》のワガママをこのまま放《ほう》っておけないし」

「え？」

「それにユリアちゃん達《たち》ならできると思《おも》うんだ。僕《ぼく》の時《とき》みたいに、利樹《としき》にも『お金《かね》で買《か》えないものがある』ってこと、教《おし》えてやってよ」

「福澤《ふくざわ》くん……」

そう言《い》ってゆずきは手《て》に入《い》れたばかりの鍵《かぎ》を鍵穴《かぎあな》に挿《さ》し、重《おも》い扉《とびら》をゆっくりと開《ひら》いた。

きっとゆずきなりに、利樹《としき》のことを心配《しんぱい》してるに違《ちが》いない。


「ユリアさんっ！　太宰《だざい》さん、江原《えはら》くん！　石川《いしかわ》センパイ……！」

「あ、当麻《とうま》っち〜〜〜〜!!」


扉《とびら》が開《ひら》かれると、ユリア達《たち》の視界《しかい》にエリの嬉《うれ》し泣《な》きの笑顔《えがお》が飛《と》び込《こ》んできた。

エリがオメガ高校《こうこう》から連《つ》れ去《さ》られてから約三時間《やくさんじかん》。

でももう何日《なんにち》も会《あ》っていなかったような懐《なつ》かしさを覚《おぼ》える。

「みなさん、私《わたし》のために本当《ほんとう》にありがとうございます。まさかこんな所《ところ》まで来《き》てくれるなんて……」

「そんなの当《あ》たり前《まえ》じゃん。当麻《とうま》っちはユリアの親友《しんゆう》だもん！」

ダーッと滝《たき》のような涙《なみだ》を流《なが》し、ユリアはエリに駆《か》け寄《よ》ろうとする。

――が、その動《うご》きを利樹《としき》と部下《ぶか》の黒服達《くろふくたち》が素早《すばや》く止《と》めに入《はい》った。

「こら、相川《あいかわ》ユリア！　オレのエリに勝手《かって》に近《ちか》づくな!!」

「それはこっちのセリフだよ。いいかげん当麻《とうま》っちを返《かえ》せ！　脱出《だっしゅつ》ゲームはユリア達《たち》の全《ぜん》戦全勝《せんぜんしょう》じゃん!!」

ユリアは拳《こぶし》を振《ふ》り回《まわ》して、全力《ぜんりょく》で利樹《としき》に抗議《こうぎ》した。

だけど利樹《としき》は一向《いっこう》に引《ひ》く気《き》を見《み》せない。

「うるさい！　じゃあ次《つぎ》は爆弾解除《ばくだんかいじょ》ゲームで勝負《しょうぶ》だ！　次《つぎ》こそは負《ま》けないぞ！」

「おーし、受《う》けて立《た》ってやろうじゃない！　ユリア、爆弾解除《ばくだんかいじょ》は得意《とくい》だもんね！」

「あ、やっぱやめ。次《つぎ》はドミノゲームに変更《へんこう》！」

「ゴルァ！　コロコロ勝手《かって》にゲームの内容《ないよう》、変《か》えるなぁ!!」

ゴールである利樹《としき》の部屋《へや》に着《つ》いても、利樹《としき》の悪《わる》あがきは止《と》まらなかった。

「まったく……これじゃ埒《らち》が明《あ》かないわね」

「うん、なんとか相手《あいて》の隙《すき》をついて当麻《とうま》さんを奪《うば》い返《かえ》さないと……」

シュリやヒカルは膠着状態《こうちゃくじょうたい》の部屋《へや》の中《なか》で、これからどうしたものかと思案《しあん》した。

その中《なか》で勇気《ゆうき》を出《だ》して真《ま》っ先《さき》に動《うご》いたのは――なんと攫《さら》われたエリ本人《ほんにん》だ。

「お願《ねが》いです。もう私《わたし》の友達《ともだち》を困《こま》らせるのはやめて下《くだ》さい」

「……え？」

――パチン。

広《ひろ》い室内《しつない》に乾《かわ》いた音《おと》が響《ひび》き、一瞬《いっしゅん》だけ時《とき》が止《と》まる。

エリが利樹《としき》とユリアの間《あいだ》に割《わ》って入《はい》り、利樹《としき》の頬《ほお》を軽《かる》く叩《たた》いたのだ。

「エ、エリ……？」

「……」

「当麻《とうま》っち……」

頬《ほお》を叩《たた》いたといっても、もちろんエリの手《て》に力《ちから》はほとんど入《はい》っておらず、利樹《としき》の方《ほう》にほとんど痛《いた》みはなかった。

だけどエリはきゅっと眉根《まゆね》を寄《よ》せ、利樹《としき》の前《まえ》で初《はじ》めて怒《いか》りの表情《ひょうじょう》を見《み》せる。

「利樹《としき》さん、私《わたし》を好《す》きだと言《い》ってくれたあなたのお気持《きも》ち、すごく嬉《うれ》しく思《おも》います。でもだからといって、それが私《わたし》の友達《ともだち》を困《こま》らせる理由《りゆう》になっていいはずがないです」

「……」

「これ以上私《いじょうわたし》の友達《ともだち》を傷《きず》つけるというのなら、たとえ誰《だれ》だろうと許《ゆる》しません」

「エ、エリ……」

普段《ふだん》の気《き》の弱《よわ》さを少《すこ》しも感《かん》じさせない口調《くちょう》で、エリは一言一言《ひとことひとこと》はっきりと口《くち》にした。

そんな気丈《きじょう》な姿《すがた》に驚《おどろ》いたのだろう。

叩《たた》かれた利樹《としき》だけでなく、その場《ば》にいる誰《だれ》もがポカンと口《くち》を開《あ》けている。

「うんうん、当麻《とうま》っち。ユリアも大切《たいせつ》な友達《ともだち》を困《こま》らせる奴《やつ》がいたら、絶対許《ぜったいゆる》さないよ!!」

「ユリアさん……」

そんな中《なか》でいち早《はや》くエリの言葉《ことば》に同調《どうちょう》したのは、もちろんユリアだ。ユリアはエリのとなりに並《なら》んでその手《て》を握《にぎ》ると、呆然《ぼうぜん》としている利樹《としき》に向《む》かって問《と》いかける。

「ねぇ、利樹《としき》くん。ギリシャの詩人《しじん》・オヴィディウスは愛《あい》についてこう語《かた》ってるよ。

『愛《あい》してもらいたいと望《のぞ》むならば、愛《あい》してもらうのに相応《ふさわ》しいような価値《かち》のある人間《にんげん》になりなさい』

　ねぇ、あなたは当麻《とうま》っちにふさわしい？　当麻《とうま》っちをこんなに悲《かな》しませることが、利樹《としき》くんにとっての愛情表現《あいじょうひょうげん》なの？」

「そ、それは……」

　ユリアの真剣《しんけん》な瞳《ひとみ》に射貫《いぬ》かれて、利樹《としき》も思《おも》わず言葉《ことば》を濁《にご》した。

　今《いま》まで利樹《としき》は自分《じぶん》が特別《とくべつ》で価値《かち》のある人間《にんげん》だと信《しん》じて生《い》きてきた。金持《かねも》ちな自分《じぶん》はエリにふさわしいと思《おも》ったから、多少強引《たしょうごういん》でもアタックしたのだ。だけど利樹《としき》が好《す》きだと伝《つた》えれば伝《つた》えるだけ、なぜかエリは悲《かな》しげにうつむくだけ。

　利樹《としき》はエリのそんな顔《かお》を見《み》たかったわけじゃないのに……。

「この写真《しゃしん》に写《うつ》ってる当麻《とうま》、いい笑顔《えがお》だな……」

「！」

　ユリアの言葉《ことば》に被《かぶ》せ、さらに石川《いしかわ》も利樹《としき》に向《む》かって話《はな》しかけた。

　石川《いしかわ》はテーブルの上《うえ》に置《お》かれていたバインダーに気《き》づき、隠《かく》し撮《ど》りされたエリの笑顔《えがお》の写真《しゃしん》を引《ひ》っ張《ぱ》り出《だ》したのだ。

「なんで写真《しゃしん》の中《なか》の当麻《とうま》がこんないい笑顔《えがお》をしてるかわかるか？　それは心《こころ》から好《す》きだと思《おも》える友達《ともだち》と一緒《いっしょ》だからだ。友達《ともだち》と一緒《いっしょ》にいるだけで楽《たの》しいからだ。重《かさ》ねて聞《き》くが、当麻《とうま》はおまえの前《まえ》でこんないい笑顔《えがお》を見《み》せたか？」

「……………」

「今《いま》、当麻《とうま》の笑顔《えがお》を曇《くも》らせてるのは、おまえ自身《じしん》じゃないのか？」

「……………くっ！」

石川《いしかわ》に痛《いた》いところをつかれ、利樹《としき》は悔《くや》しそうにその場《ば》で膝《ひざ》をついた。

エリはそんな利樹《としき》に近《ちか》づくと、その手《て》を取《と》って頭《あたま》を下《さ》げる。

「利樹《としき》さん、たくさんのラブレターとプレゼント、ありがとうございました。あなたのお気持《きも》ちは嬉《うれ》しかったです」

「エ、エリ……」

「でも私《わたし》……」

エリはそこで背後《はいご》にいる石川《いしかわ》をチラリと見《み》ると、ほんの少《すこ》し頬《ほお》を赤《あか》く染《そ》める。

「私《わたし》、他《ほか》に……す、好《す》きな人《ひと》がいるのであなたとは、お付《つ》き合《あ》いでき……ませんっ。本当《ほんとう》にごめんなさい！」

「！」

とうとうエリは直接言葉《ちょくせつことば》に出《だ》して、利樹《としき》の申《もう》し出《で》をはっきり断《ことわ》った。

しかも初《はじ》めて人前《ひとまえ》で『好《す》きな人《ひと》がいる』と明言《めいげん》。

周《まわ》りからも、おおっと大《おお》きなどよめきが起《お》きる。

「ヒュー、当麻《とうま》っち！　やっぱり当麻《とうま》っちも恋《こい》する乙女《おとめ》だったんだね！」

「許《ゆる》さん！　相川《あいかわ》ユリアに続《つづ》き、また恋愛《れんあい》にうつつを抜《ぬ》かす奴《やつ》が現《あらわ》れるなんて！」

「アハハハ、でも人《ひと》の気持《きも》ちはコントロールできるものじゃないですし」

「はぁ、結局《けっきょく》こーなるのね。バカらし……」

「当麻《とうま》さんに好《す》きな人《ひと》かぁ。この事実《じじつ》を当麻《とうま》っちのファンクラブメンバーが知《し》ったら、ショックを受《う》けるだろうな。な、石川《いしかわ》？」

「……っ」

芥川《あくたがわ》がそうニマニマと話題《わだい》を振《ふ》ると、石川《いしかわ》は気《き》まずそうに視線《しせん》を逸《そ》らした。

この場《ば》にいる誰《だれ》もがエリと石川《いしかわ》のいい雰囲気《ふんいき》を察《さっ》し、二人《ふたり》をからかう気満々《きまんまん》だ。

「そ、そんな……まさかこのオレがフラれるなんて……うっ、うっ、うわぁぁんっ!!」

一方《いっぽう》、今《いま》まで他人《たにん》に拒絶《きょぜつ》されたことのなかった利樹《としき》は、長《なが》い前髪《まえがみ》を振《ふ》り乱《みだ》しながらいきなり号泣《ごうきゅう》し始《はじ》めた。

大会社《だいがいしゃ》の御曹司《おんぞうし》である利樹《としき》にとっては生《う》まれて初《はじ》めての失恋《しつれん》。

初《はじ》めて味《あじ》わった大《おお》きな挫折《ざせつ》だからだろう。

そんな利樹《としき》を無理《むり》やり立《た》ち上《あ》がらせたのは、親戚《しんせき》であるゆずきだ。

「あー、はいはい。これでおまえにもいい薬《くすり》になったろ。女《おんな》にフラれたくらいでそんなに泣《な》くな」

「ゆずき、この裏切《うらぎ》り者《もの》～！　大体《だいたい》おまえが十億円《じゅうおくえん》出《だ》してこの部屋《へや》の扉《とびら》を開《あ》けなければ、もう少《すこ》し時間《じかん》をかけてエリを口説《くど》けたのに……！」

「あ、あの……っ」

ゆずきに食《く》ってかかる利樹《としき》を見《み》て、そばにいたエリはオロオロする。

けれどゆずきは余裕《よゆう》の表情《ひょうじょう》で、ヒラヒラと手《て》を振《ふ》った。

「いいよ、いいよ、利樹《としき》のことは僕《ぼく》に任《まか》せて。こんな奴《やつ》でも一応将来福澤《いちおうしょうらいふくざわ》グループの一員《いちいん》になる人間《にんげん》なんでね。今《いま》のうちに挫折《ざせつ》を知《し》ることも大事《だいじ》」

「そ、そーなんですか？」

「うん。だから君《きみ》はもう行《い》っていいよ。ユリアちゃんもお疲《つか》れ様《さま》！」

「別《べつ》にユリアは福澤《ふくざわ》くんのために頑張《がんば》ったわけじゃないもーん！」

ね、当麻《とうま》っち？　とユリアはエリに向《む》かって軽《かる》くウィンクした。

さらにエリに向《む》かって差《さ》し出《だ》されたのは温《あたた》かいユリアやヒカルの手《て》。

エリはその手《て》を取《と》って、ようやくみんなの元《もと》に帰還《きかん》する。

「みなさん、本当《ほんとう》にありがとう。みなさんが助《たす》けに来《き》てくれたから、私《わたし》も勇気《ゆうき》を出《だ》せました！」

「そんなことない。勇気《ゆうき》は元々《もともと》当麻《とうま》さんの中《なか》にあったんだよ」

「ま、厄介事《やっかいごと》が素早《すばや》く解決《かいけつ》してよかったわ」

みんなに温《あたた》かく受《う》け入《い》れられた瞬間《しゅんかん》、再《ふたた》びエリに明《あか》るい笑顔《えがお》が戻《もど》った。

少《すこ》し恥《は》ずかしそうにはにかむエリは、やっぱりアイドル級《きゅう》に可愛《かわい》い。

「あ、あの、石川《いしかわ》センパイも本当《ほんとう》にありがとうございました！」

「べ、別《べつ》にオレは……」

「あっさりと暗号《あんごう》を解《と》くセンパイも、シューティングゲームで次々《つぎつぎ》と敵《てき》を倒《たお》していくセンパイも……。す、すごくカッコよかったです！」

「！」

エリにお礼《れい》を言《い》われた石川《いしかわ》は、いつになく耳《みみ》まで真《ま》っ赤《か》になった。

災《わざわ》い転《てん》じて福《ふく》となす。

利樹《としき》の巻《ま》き起《お》こした求愛騒動《きゅうあいそうどう》は、初心《うぶ》なエリと石川《いしかわ》の距離《きょり》を一歩《いっぽ》近《ちか》づけたようだ。

「うんうん、やっぱラブだよねぇ。恋愛仲間《れんあいなかま》が増《ふ》えてユリア嬉《うれ》しい〜♪」

「フフッ、ユリアちゃんも頑張《がんば》ったよね。本当《ほんとう》にお疲《つか》れ様《さま》！」

「ううん、シュリくん。今回《こんかい》ユリアは何《なに》もしてない。シュリくんやオメガ高校《こうこう》チームが一致団結《いっちだんけつ》したから、どんな難関《なんかん》にも打《う》ち勝《か》てたんだよ。本当《ほんとう》にありがとう！」

かくして親友《しんゆう》のエリを無事奪還《ぶじだっかん》したユリアは、両手《りょうて》を天《てん》に突《つ》き上《あ》げて華々《はなばな》しく勝利宣言《しょうりせんげん》するのだった。

「愛《あい》の迷宮《めいきゅう》からの脱出《だっしゅつ》、オールクリア〜〜〜〜!!　困《こま》った時《とき》はオメガ高校生徒会《こうこうせいとかい》におっまかせ♪」

第《だい》二話《にわ》

守《まも》れ！ 夢《ゆめ》の動物《どうぶつ》王国《おうこく》！！

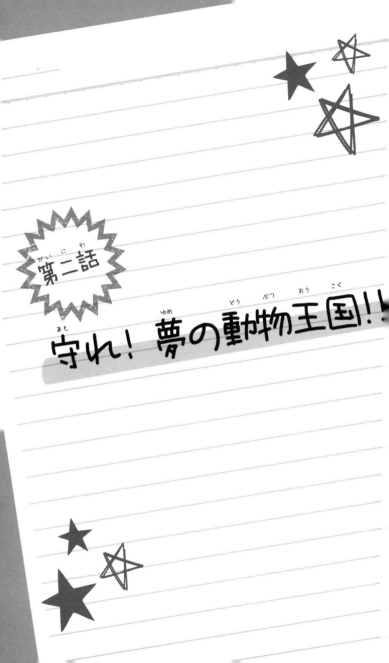

その日《ひ》、オメガ高校《こうこう》にはオメガ高校以外《こうこういがい》の生徒《せいと》がたくさん集《あつ》まっていた。

願書《がんしょ》を手《て》にして期待《きたい》に胸《むね》を膨《ふく》らませるのは、オメガ高校《こうこう》を志願《しがん》している受験生達《じゅけんせいたち》。

その瞳《ひとみ》は期待《きたい》と希望《きぼう》でキラキラと輝《かがや》いている。

「おおー、ここがオメガ高校《こうこう》か。緊張《きんちょう》するぅ～」

「ここに入《はい》れれば、エリート街道《かいどう》まっしぐらってことよね」

願書《がんしょ》を持《も》った受験生達《じゅけんせいたち》は、きょろきょろと辺《あた》りを見回《みまわ》しながら校門《こうもん》から本校舎《ほんこうしゃ》へと続《つづ》く道《みち》を歩《ある》く。

何《なに》せオメガ高校《こうこう》は日本一頭《にっぽんいちあたま》のいい高校《こうこう》。いずれ自分達《じぶんたち》もエリートの仲間入《なかまい》りを果《は》たすのだと思《おも》うと、受験生達《じゅけんせいたち》の胸《むね》はドキドキワクワクした。


「ハロー、受験生《じゅけんせい》のみなさん！　オメガ高校《こうこう》へようこそ♪」

そんな受験生達《じゅけんせいたち》の前《まえ》に、突然学校《とつぜんがっこう》にいるはずもないものが姿《すがた》を現《あらわ》した。

それはアルパカ。白《しろ》くてふわふわな体毛《たいもう》が可愛《かわい》いアルパカが、十何匹《じゅうなんびき》と列《れつ》をなして校舎《こうしゃ》前広場《まえひろば》を占拠《せんきょ》していたのだ。

「ぎゃー⁉　なんでこんなとこにアルパカがいるの⁉」

「えっ？　これ本物《ほんもの》⁉」

「もっちろん本物《ほんもの》で～す♪　今《いま》、オメガ高《こう》では動物《どうぶつ》ふれあいカリキュラムを実施《じっし》していまーす！」

先頭《せんとう》のアルパカにまたがり受験生《じゅけんせい》に向《む》かってV《ブイ》サインしているのは、もちろんオメガ高《こう》校生徒会長《こうせいとかいちょう》の相川《あいかわ》ユリアだ。

ユリアの言葉《ことば》に合《あ》わせて、アルパカたちも嬉《うれ》しそうに長《なが》い首《くび》をゆらゆらと揺《ゆ》らす。

「ちょ、ここって本当《ほんとう》にオメガ高校《こうこう》なの⁉」

「こんなカリキュラムがあるなんて聞《き》いてないぞ⁉」

「ゴルァ！　勝手《かって》に何《なに》してる、相川《あいかわ》ユリア‼」

「もう、また一人《ひとり》で騒《さわ》ぎを起《お》こしてるのね⁉」

受験生達《じゅけんせいたち》のどよめきを聞《き》いて、副会長《ふくかいちょう》やヒカルも慌《あわ》てて校舎《こうしゃ》から飛《と》び出《だ》してくる。

だけど毎度毎度《まいどまいど》のお小言《こごと》もなんのその。

ユリアはユリア流《りゅう》の持論《じろん》を、みんなの前《まえ》で堂々《どうどう》と披露《ひろう》した。

「だって教室《きょうしつ》に閉《と》じこもって勉強《べんきょう》してるだけじゃ、ストレスばかりたまって精神的《せいしんてき》にもよくないよ！　そーゆー時《とき》こそ動物《どうぶつ》たちとモフモフして、疲《つか》れた心《こころ》を癒《いや》そう!!」

「だからって校内《こうない》をアルパカ牧場《ぼくじょう》にする奴《やつ》があるか!!」

「見《み》なさいよ、願書《がんしょ》を提出《ていしゅつ》しにきた受験生《じゅけんせい》もドン引《び》きしてるじゃない！」

ヒカルの指摘通《してきどお》り、受験生《じゅけんせい》はみんなポカンと口《くち》を開《あ》けたまま固《かた》まっている。

「えへへ、驚《おどろ》かせちゃってごめんね？　でも教科書《きょうかしょ》に載《の》ってることを勉強《べんきょう》するだけじゃ本《ほん》物《もの》のエリートにはなれないぞ☆　動物《どうぶつ》とのふれあいを通《とお》して命《いのち》が育《そだ》つ仕組《しく》みや、自然《しぜん》との関《かか》わり方《かた》を学《まな》べば、絶対《ぜったい》に今《いま》よりも視野《しや》が広《ひろ》がるから！」

ねー、みんな？　とユリアがアルパカの首《くび》をなでると、アルパカたちは『ユリアちゃん、さすがやで～』とでも言《い》うかのように、うんうんとうなずいた。

そう、天真爛漫《てんしんらんまん》なユリアは、動物《どうぶつ》たちにも大人気《だいにんき》！

どんな動物《どうぶつ》もユリアにはあっという間《ま》に懐《なつ》いてしまうのだ！

「とにかくアルパカは解散《かいさん》！　大体《だいたい》こんなにたくさんのアルパカ、一体《いったい》どこから連《つ》れてきたんだ!?」

「えへへ、実《じつ》は知《し》り合《あ》いの牧場主《ぼくじょうぬし》さんがユリアのお願《ねが》い聞《き》いてくれたんだよね～」

「はぁ、相川《あいかわ》さんらしいっていえば相川《あいかわ》さんらしいけど……。もう少《すこ》しオメガ高生徒会長《こうせいとかいちょう》としての自覚《じかく》を持《も》ってよね」

「え？　生徒会長《せいとかいちょう》!?」

受験生達《じゅけんせいたち》はユリアが生徒会長《せいとかいちょう》だと知《し》り、きょとんと目《め》を丸《まる》くする。

「オメガ高《こう》って、なんか想像《そうぞう》してたのと違《ちが》うね……」

「あんな能天気《のうてんき》な女子《じょし》が生徒会長《せいとかいちょう》で大丈夫《だいじょうぶ》？」

「なぁ、オレ達《たち》、この高校《こうこう》を受験《じゅけん》していいのかな？」

破天荒《はてんこう》なユリアの行動《こうどう》が理解《りかい》できないのか、受験生達《じゅけんせいたち》はヒソヒソ声《ごえ》で話《はな》す。

そのうちの一人《ひとり》が恐《おそ》る恐《おそ》る近《ちか》くにいるアルパカに手《て》を伸《の》ばした。

「へぇ、これがアルパカかぁ」

それは多分好奇心《たぶんこうきしん》ゆえの行動《こうどう》で悪気《わるぎ》はなかったのだろう。受験生《じゅけんせい》はアルパカのお尻《しり》をなでると、遠慮《えんりょ》なくぶちっと毛《け》を引《ひ》き抜《ぬ》いた。

だけどいきなり毛《け》をむしられたアルパカは、たまったものじゃない。

突然《とつぜん》「フェ～」と大声《おおごえ》で鳴《な》くと、前脚《まえあし》を突《つ》き上《あ》げて暴《あば》れだした。

「うわっ、うわわわっ！」

「フェ〜、フェ〜〜〜〜〜！」

「フェ〜！」

「フェエエエ〜！」

「アルパカのみんな、落《お》ち着《つ》いて！」

一匹《いっぴき》が暴《あば》れだすと、他《ほか》のアルパカも恐怖《きょうふ》が伝染《でんせん》したのか一斉《いっせい》に暴《あば》れだす。

アルパカはラクダ科《か》の生《い》き物《もの》で穏《おだ》やかな性質《せいしつ》だが、体《からだ》そのものは大《おお》きい。この数《かず》が本気《ほんき》で暴《あば》れたら、近《ちか》くにいる人間《にんげん》に大《おお》けがさせてしまう可能性《かのうせい》もある。

「危《あぶ》ないっ、受験生《じゅけんせい》はすぐに校舎《こうしゃ》の中《なか》に避難《ひなん》しろ！」

「相川《あいかわ》さん、なんとかアルパカを落《お》ち着《つ》かせて！」

「うん、了解《りょうかい》！」

副会長《ふくかいちょう》やヒカル達《たち》が受験生《じゅけんせい》を避難誘導《ひなんゆうどう》する中《なか》、ユリアは「大丈夫《だいじょうぶ》だよ〜」とアルパカたちの頭《あたま》や背中《せなか》をなでて回《まわ》る。けれどユリアでも、これだけたくさんのアルパカを一度《いちど》に落《お》ち着《つ》かせることはできない。

珍《めずら》しくユリアがどうしようと焦《あせ》った、その時《とき》——

「どうどう、落《お》ち着《つ》いて。ここにあなたたちの敵《てき》はいないから」

「！」

不意《ふい》に、受験生《じゅけんせい》の中《なか》から一人《ひとり》の女子生徒《じょしせいと》が飛《と》び出《だ》して、ユリアと一緒《いっしょ》に興奮《こうふん》するアルパカたちをなだめてくれた。

その手際《てぎわ》は見事《みごと》なもので、女子生徒《じょしせいと》がよしよしと頭《あたま》や背中《せなか》を一《ひと》なでするだけで、アルパカたちは順々《じゅんじゅん》におとなしくなっていく。

「うわっ、すごい！　あっという間《ま》にみんな落《お》ち着《つ》いちゃった！」

「へぇ、ずいぶんと動物《どうぶつ》の扱《あつか》いに慣《な》れているのね」

「いえ、私《わたし》は別《べつ》に……」

アルパカを鎮《しず》めた後《あと》、女子生徒《じょしせいと》は気《き》まずげに視線《しせん》を左右《さゆう》に泳《およ》がせた。

よく見《み》れば長《なが》い髪《かみ》が特徴的《とくちょうてき》な、真面目《まじめ》そうな女《おんな》の子《こ》だ。

「本当《ほんとう》にありがとう！　オメガ高生徒会長《こうせいとかいちょう》の相川《あいかわ》ユリアでっす。あなたは？」

「えと……私《わたし》は津田小梅《つだこうめ》、と申《もう》します」

「小梅《こうめ》ちゃんかぁ！　可愛《かわい》い名前《なまえ》だね！」

ユリアがぺこりと頭《あたま》を下《さ》げると、アルパカたちも小梅《こうめ》のそばに近《ちか》づき、みんな揃《そろ》ってすりすりと小梅《こうめ》に甘《あま》えだした。

どうやら小梅《こうめ》もユリア同様《どうよう》、無条件《むじょうけん》に動物《どうぶつ》に好《す》かれてしまう体質《たいしつ》らしい。

「えへへ、アルパカのみんなもありがとうって！　やっぱり動物好《どうぶつず》きの人《ひと》は動物《どうぶつ》に好《す》かれるんだね♪」

「いえ、私《わたし》は動物《どうぶつ》なんて好《す》きじゃありませんから！」

「ほよっ⁉」

だけど小梅《こうめ》は反射的《はんしゃてき》に、ユリアの言葉《ことば》を否定《ひてい》する。その眉間《みけん》には、深《ふか》い皺《しわ》が寄《よ》っていた。

「私《わたし》は動物《どうぶつ》なんて臭《くさ》くて世話《せわ》に手《て》がかかるもの、好《す》きじゃないです。それよりもエリート校《こう》であるオメガ高《こう》に入学《にゅうがく》して、将来《しょうらい》は弁護士《べんごし》や医者《いしゃ》や官僚《かんりょう》……。社会的地位《しゃかいてきちい》が高《たか》い職業《しょくぎょう》に就《つ》きたいと思《おも》ってるんです！」

「へ、へぇ、そうなんだ……」

「そうです。じゃあ私《わたし》はこれで失礼《しつれい》します！」

小梅《こうめ》はなぜかぷりぷりと怒《おこ》りながら、願書片手《がんしょかたて》に校舎《こうしゃ》の中《なか》へ入《はい》っていった。

ユリアは急《きゅう》に小梅《こうめ》が不機嫌《ふきげん》になった理由《りゆう》がわからなくて、首《くび》を傾《かし》げる。

「えーと……」

「放《ほう》っておきなさいよ。中学生《ちゅうがくせい》っていろいろ難《むずか》しい年頃《としごろ》なんだから」

「それより相川《あいかわ》ユリア、このアルパカをすぐに撤収《てっしゅう》しろ！　動物《どうぶつ》ふれあいカリキュラムとやらは終《お》わりだ！」

「えーっ!?　そんなぁ！」

こうして副会長《ふくかいちょう》の鶴《つる》の一声《ひとこえ》で、ユリアの動物《どうぶつ》ふれあいカリキュラムは失敗《しっぱい》に終《お》わった。

だけどそれ以上《いじょう》にユリアは、「動物《どうぶつ》なんて好《す》きじゃない」と言《い》いきった小梅《こうめ》の態度《たいど》が気《き》になるのだった。


——放課後《ほうかご》。ユリアはシュリやエリと一緒《いっしょ》に駅前《えきまえ》のカフェテラスに立《た》ち寄《よ》った。

「ユリアちゃん、元気出《げんきだ》して。動物《どうぶつ》とふれあうカリキュラム、オレは面白《おもしろ》いと思《おも》うよ」

「ありがとう、シュリくん」

「そうです。今回《こんかい》はたまたま失敗《しっぱい》しただけです。次《つぎ》はきっとうまくいきますって！」

シュリとエリはユリアを真《ま》ん中《なか》の席《せき》に座《すわ》らせ、必死《ひっし》に慰《なぐさ》めていた。

だけどユリアは相変《あいか》わらず難《むずか》しい顔《かお》をして、うーんと腕組《うでぐ》みしている。

「なんかすっきりしないなぁ。小梅《こうめ》ちゃん、本当《ほんとう》に動物嫌《どうぶつぎら》いなのかな？」

「ああ、たくさんのアルパカをあっという間《ま》に落《お》ち着《つ》かせたっていう女《おんな》の子《こ》ですね？」

「うん、だって本当《ほんとう》にすごかったんだよ。興奮《こうふん》するアルパカをこう、一《ひと》なでするだけでさあ……！」

ユリアは身振《みぶ》り手振《てぶ》り付《つ》きで、小梅《こうめ》がいかに動物《どうぶつ》に好《す》かれやすい女《おんな》の子《こ》なのかを力説《りきせつ》する。その話《はなし》の途中《とちゅう》でふとシュリが何《なに》かに気《き》づき、窓《まど》の外《そと》を指《ゆび》さした。

「あれ？　あそこにいるの犬《いぬ》と猫《ねこ》、それに猿《さる》じゃない？」

「え？　どれどれ!?」

ユリアは話《はなし》を中断《ちゅうだん》し、駅前方向《えきまえほうこう》を見《み》た。すると沿道《えんどう》の脇《わき》に犬《いぬ》や猫《ねこ》、猿《さる》にオウムなどたくさんの動物《どうぶつ》がお行儀《ぎょうぎ》よく一列《いちれつ》に並《なら》び、そのリードを握《にぎ》る人達《ひとたち》が通行人《つうこうにん》に向《む》かって募金《ぼきん》を呼《よ》びかけている。

「やーん、カワイイ！　ユリア、早速募金《さっそくぼきん》してくる!!」

「あ、ユリアちゃん！」

ユリアはカフェオレを一気飲《いっきの》みすると、すぐに会計《かいけい》を済《す》ませて駅前通《えきまえどお》りに出《で》た。

行儀《ぎょうぎ》よく整列《せいれつ》する動物《どうぶつ》たちの前《まえ》には『津田動物園存続《つだどうぶつえんそんぞく》のために募金《ぼきん》をお願《ねが》いします！』

という横断幕《おうだんまく》が張《は》られている。

「津田動物園《つだどうぶつえん》？」

「オメガ町七丁目《ちょうななちょうめ》にある動物園《どうぶつえん》です！　どうか動物園存続《どうぶつえんそんぞく》のための募金《ぼきん》をお願《ねが》いします！」

「アイアイサー!!」

白髪《しらが》まじりのおじさんに募金箱《ぼきんばこ》を差《さ》し出《だ》され、ユリアは迷《まよ》うことなく財布《さいふ》の中身《なかみ》を全部《ぜんぶ》募金《ぼきん》した。ザーッと小銭《こぜに》が滝《たき》のように流《なが》れるのを見《み》て、おじさんの瞳《ひとみ》が感動《かんどう》で潤《うる》む。

「あ、ありがとうございます！　これで動物《どうぶつ》たちの餌《えさ》が買《か》えます！」

「いえ、どーいたしまして！　募金頑張《ぼきんがんば》って下《くだ》さい！」

ユリアの無邪気《むじゃき》な笑顔《えがお》に釣《つ》られて、おじさんの横《よこ》に並《なら》んでいた飼育員《しいくいん》の女性《じょせい》も微笑《ほほえ》む。

「よかったですね、津田園長《つだえんちょう》！」

「ああ。みなさんの温《あたた》かいお心《こころ》に感謝《かんしゃ》しなきゃね！」

どうやらこの白髪《しらが》まじりのおじさんは、動物園《どうぶつえん》の園長《えんちょう》のようだ。

ユリアの後《あと》を追《お》いかけてきたシュリとエリも、お財布《さいふ》からお金《かね》を取《と》り出《だ》す。

「じゃあオレも募金《ぼきん》させて頂《いただ》きます」

「どうか頑張《がんば》って下《くだ》さいね！」

「ありがとうございます！」

募金箱《ぼきんばこ》の中《なか》でチャリン、チャリンといい音《おと》が響《ひび》き、園長《えんちょう》の足元《あしもと》でお座《すわ》りしていた犬《いぬ》もワン！　と嬉《うれ》しそうに一鳴《ひとな》きした。

「でもそんなに動物園《どうぶつえん》の経営《けいえい》、危《あぶ》ないんですか？」

「お恥《は》ずかしい話《はなし》ですが、ここ数年入場者数《すうねんにゅうじょうしゃすう》がめっきり減《へ》ってしまいまして……。うちは動物《どうぶつ》を檻《おり》に入《い》れて展示《てんじ》する昔《むかし》ながらの動物園《どうぶつえん》なので、お客様《きゃくさま》に飽《あ》きられてしまったようなんです」

「なるほど……」

「それにパンダやコアラなどの目玉《めだま》になる動物《どうぶつ》もいません。動物《どうぶつ》は百種類以上《ひゃくしゅるいいじょう》いるんですが……」

「うーん……」

ユリアは顎《あご》に手《て》をかけて、どうしたものかと考《かんが》えた。

ユリア自身《じしん》は動物園《どうぶつえん》が大好《だいす》きだ。

いろいろな動物《どうぶつ》が見《み》られるのは楽《たの》しいし、キリンやゾウ、ライオンといった家《いえ》では飼《か》えない大型《おおがた》の動物《どうぶつ》を間近《まぢか》で見《み》られる貴重《きちょう》なスポットでもある。

だけど毎月上映内容《まいつきじょうえいないよう》が変《か》わる映画《えいが》や、絶叫系《ぜっきょうけい》のアトラクションが売《う》りの遊園地《ゆうえんち》に比《くら》べると、確《たし》かに動物園《どうぶつえん》はインパクトに欠《か》けるかもしれない。

それが古《ふる》い動物園《どうぶつえん》ならなおさらだ。


「バカみたい。そんなことしたって動物園《どうぶつえん》はつぶれるよ」

「！」


その時《とき》だった。

ユリアと園長《えんちょう》が立《た》ち話《ばなし》をしている後《うし》ろから、突然《とつぜん》ぶしつけな言葉《ことば》が投《な》げつけられた。

一体誰《いったいだれ》かと振《ふ》り返《かえ》ると、ユリアと園長《えんちょう》をにらみつけていたのは——あの小梅《こうめ》だ。

「小梅《こうめ》ちゃん？」

「おや、もしかして娘《むすめ》をご存《ぞん》じで？」

「！」

ユリアが小梅《こうめ》の名《な》を口《くち》にした途端《とたん》、園長《えんちょう》は意外《いがい》だという風《ふう》にユリアと小梅《こうめ》の顔《かお》を交互《こうご》に見比《みくら》べた。

なるほど、どうやらこの二人《ふたり》は親子《おやこ》らしい。ユリアは小梅《こうめ》の動物《どうぶつ》の扱《あつか》いの上手《じょうず》さに納得《なっとく》がいった。きっと動物園《どうぶつえん》の園長《えんちょう》である父《ちち》から教《おそ》わったのだろう。

でも肝心《かんじん》の小梅《こうめ》といえば――

「あんなに古臭《ふるくさ》くて汚《きたな》い動物園《どうぶつえん》、つぶれちゃえばいいんだよ。そうすれば動物《どうぶつ》たちだってもっと環境《かんきょう》のいい他《ほか》の動物園《どうぶつえん》に移《うつ》れるし」

「小梅《こうめ》、やめなさい！　善意《ぜんい》で募金《ぼきん》してくれた人《ひと》の前《まえ》で失礼《しつれい》だと思《おも》わないのか!?」

「……」

小梅《こうめ》は父親《ちちおや》の前《まえ》でふてくされ、園長《えんちょう》も悲《かな》しげな表情《ひょうじょう》で怒鳴《どな》る。

「どうせ私《わたし》には関係《かんけい》ないもん！　私《わたし》はエリートになって、動物《どうぶつ》とは関係《かんけい》ない職業《しょくぎょう》に就《つ》くんだから！」

「小梅《こうめ》！」

小梅《こうめ》は捨《す》て台詞《ぜりふ》を吐《は》くと、きびすを返《かえ》してその場《ば》から走《はし》り去《さ》ってしまった。

ユリア達《たち》は思《おも》わずポカンとし、園長《えんちょう》は申《もう》し訳《わけ》なさそうに頭《あたま》を下《さ》げる。

「すいません、娘《むすめ》が失礼《しつれい》なことを言《い》いまして……」

「いえ、いいんです。でも小梅《こうめ》ちゃん、なんで動物園《どうぶつえん》を毛嫌《けぎら》いしてるんですか？」

「それは……」

園長《えんちょう》は眉尻《まゆじり》を下《さ》げて言葉《ことば》を濁《にご》すと、それきり黙《だま》り込《こ》んでしまった。

「うーん、なんかさっきの小梅《こうめ》ちゃんの態度《たいど》、メッチャ気《き》になる！　ねぇ、シュリくん」

「わかってる。今《いま》から津田動物園《つだどうぶつえん》に行《い》ってみよ！」

「ありがとー！」

こうしてユリア達《たち》は、早速問題《さっそくもんだい》の津田動物園《つだどうぶつえん》に向《む》かうことになった。


津田動物園《つだどうぶつえん》はオメガ町《ちょう》の端《はし》にあった。

『津田動物園《つだどうぶつえん》にようこそ！』と書《か》かれた看板《かんばん》はさびれ、入《い》り口前《ぐちまえ》の花壇《かだん》にもほとんど花《はな》は咲《さ》いていない。

「あちゃー。入《い》り口《ぐち》に来《き》た時点《じてん》でなんかすでにいろいろ残念《ざんねん》な感《かん》じ……」

「だねぇ。花壇《かだん》にまで手《て》が回《まわ》らないのかな？」

「とりあえず入場券《にゅうじょうけん》を買《か》って中《なか》に入《はい》ってみましょう」

ユリア、シュリ、エリの三人《さんにん》は、入場《にゅうじょう》ゲートをくぐり動物園内《どうぶつえんない》を回《まわ》ってみた。

だけど動物《どうぶつ》の動《うご》きはのろのろと鈍《にぶ》く、檻《おり》の中《なか》でうずくまって動《うご》かない動物《どうぶつ》が大半《たいはん》だ。

「ありゃ、動物《どうぶつ》たちもなんか元気《げんき》ないね……」

「せっかく動物《どうぶつ》を見《み》に来《き》たのに、みんな寝《ね》てたらつまらないなぁ」

「お客《きゃく》も私達《わたしたち》しかいないみたいですね。なんだか寂《さび》しい感《かん》じ……」

その後《あと》、ユリア達《たち》はキリン、猿《さる》、ライオン、カバ、さらに鳥《とり》が集《あつ》められたバード館《かん》と見《み》て回《まわ》ったが、どこも活気《かっき》がなくて特別面白《とくべつおもしろ》いことは起《お》こらなかった。

これじゃあ、お客《きゃく》が激減《げきげん》するのも当《あ》たり前《まえ》だ。今《いま》はインターネットにスマホやゲーム……もっと刺激的《しげきてき》な娯楽《ごらく》がたくさんあるのだから。

「あ、あれ、小梅《こうめ》さんじゃないですか？」

「あ、本当《ほんとう》だ。小梅《こうめ》ちゃーん！」

馬《うま》や羊《ひつじ》と直接《ちょくせつ》ふれあえる牧場《ぼくじょう》エリアに移動《いどう》したユリア達《たち》は小梅《こうめ》を見《み》つけた。馬《うま》や羊《ひつじ》は柵《さく》の中《なか》で放《はな》し飼《が》いにされていて、小梅《こうめ》はある一頭《いっとう》の馬《うま》に餌《えさ》をやっているようだ。

「あ、あなた達《たち》、どうしてここに……」

「えへへ。やっぱりさっきのことが気《き》になって来《き》ちゃった！」

ユリアが手《て》を振《ふ》りながら挨拶《あいさつ》すると、小梅《こうめ》は気《き》まずそうに視線《しせん》を逸《そ》らした。

小梅《こうめ》が餌《えさ》をあげているポニーは茶色《ちゃいろ》の毛並《けな》みが特徴的《とくちょうてき》な背《せ》の低《ひく》い馬《うま》だ。

「わぁ、可愛《かわい》いお馬《うま》さんだね！　ユリアも餌《えさ》をあげていい？」

「あ、だめ！」

ユリアが馬《うま》の鼻頭《はながしら》に触《ふ》れようとした瞬間《しゅんかん》、小梅《こうめ》が横《よこ》から手《て》を出《だ》して慌《あわ》ててユリアを止《と》めた。茶色《ちゃいろ》のポニーはいきなり鼻息《はないき》を荒《あら》くし、柵《さく》の中《なか》で暴《あば》れだす。

「ブルルルッ、ヒヒーンッ！」

「うきゃっ！」

「この子《こ》は神経質《しんけいしつ》で人見知《ひとみし》りなんです。それに今妊娠中《いまにんしんちゅう》だからあまり刺激《しげき》しないで」

小梅《こうめ》はユリアを後《うし》ろに下《さ》がらせながら、興奮《こうふん》したポニーの首筋《くびすじ》をさすった。

よく見《み》れば、確《たし》かに茶色《ちゃいろ》のポニーのお腹《なか》は大《おお》きく膨《ふく》れている。

「メイ、大丈夫《だいじょうぶ》。この人達《ひとたち》はお客《きゃく》さんよ」

「ヒヒーン……」

「そう、いい子《こ》……」

「ガーン！　ユリア、動物《どうぶつ》に拒《こば》まれたの生《う》まれて初《はじ》めてかも。超《ちょう》ショック！」

ユリアはその場《ば》でよろめき、がっくりと肩《かた》を落《お》とした。

一方《いっぽう》、小梅《こうめ》の動物《どうぶつ》の扱《あつか》い方《かた》は相変《あいか》わらず見事《みごと》だ。

「メイはたくさんいる馬《うま》の中《なか》でも特《とく》に問題《もんだい》の多《おお》い子《こ》なんです。だからそんなに落《お》ち込《こ》むことないです」

「そうなの？」

「はい。メイは飼《か》われていた牧場《ぼくじょう》がつぶれてしまってうちに引《ひ》き取《と》られたんです。でもそれまでに各地《かくち》の動物園《どうぶつえん》をたらい回《まわ》しにされたらしくて、人間《にんげん》を警戒《けいかい》するようになってしまったんです」

「なるほど、そんな事情《じじょう》があるんだ……」

ユリア達《たち》は小梅《こうめ》の話《はなし》を聞《き》いて、ずきんと胸《むね》が痛《いた》くなった。

どこに行《い》っても邪魔者扱《じゃまものあつか》いされたメイの心《こころ》は、きっと今《いま》も傷《きず》ついたままなんだろう。

「でもそんなメイでも、小梅《こうめ》ちゃんには懐《なつ》いてるんだね！」

「本当《ほんとう》！　津田《つだ》さんの手《て》からおいしそうにニンジンを食《た》べてる」

「それは……」

ユリア達《たち》に無邪気《むじゃき》な笑顔《えがお》を向《む》けられ、小梅《こうめ》は気《き》まずそうにうつむく。

「私《わたし》だって本当《ほんとう》はこんなことで時間《じかん》をつぶしたくないんです。でもメイは私《わたし》の手《て》からじゃないとご飯《はん》を食《た》べないから……仕方《しかた》なく」

「小梅《こうめ》ちゃん、どうしてそんなに動物《どうぶつ》が嫌《きら》いって振《ふ》りをするの？」

「！」

ユリアの指摘《してき》に、小梅《こうめ》はハッと弾《はじ》かれるように顔《かお》を上《あ》げた。どうやらユリアの言葉《ことば》は図《ず》星《ぼし》だったらしく、小梅《こうめ》はキッと眉《まゆ》を吊《つ》り上《あ》げる。

「別《べつ》に振《ふ》りをしてるとかそんなんじゃないです。私《わたし》、本当《ほんとう》に動物《どうぶつ》は嫌《きら》いです！」

「もう、またまたぁ〜」

「本当《ほんとう》ですってば！　動物《どうぶつ》なんて臭《くさ》いし、汚《きたな》いし。それに動物園《どうぶつえん》の飼育員《しいくいん》の仕事《しごと》なんて、大《たい》半《はん》が動物《どうぶつ》のおしっこやうんちの世話《せわ》なんですよ！　全然《ぜんぜん》カッコよくないじゃないですか！」

「え？　もしかして誰《だれ》かにそう言《い》われたの？」

「………っ！」

ユリアがさらにツッコむと、小梅《こうめ》の勢《いきお》いは空気《くうき》の抜《ぬ》けた風船《ふうせん》のように萎《しぼ》んでいった。

小梅《こうめ》はハアッと重《おも》いため息《いき》をつき、ぼそぼそと動物《どうぶつ》が嫌《きら》いな理由《りゆう》を打《う》ち明《あ》ける。

「小学校六年生《しょうがっこうろくねんせい》の時《とき》、クラスメイトに『津田《つだ》はいつもケモノとうんちの臭《にお》いがする』って笑《わら》われたことがあるんです……」

「うわっ、ひどい！　別《べつ》に小梅《こうめ》ちゃん臭《くさ》くないよ？　ただの言《い》いがかりだって、それ！」

「でも……」

「うんうん、オレもそんな無神経《むしんけい》な言葉《ことば》なんて、気《き》にする必要《ひつよう》ないと思《おも》うけどな」

「そうです。飼育員《しいくいん》さんは立派《りっぱ》な仕事《しごと》だと、私《わたし》も思《おも》います！」

「……」

ユリア達《たち》は小梅《こうめ》の告白《こくはく》を聞《き》いて一生懸命《いっしょうけんめい》フォローを入《い》れた。

小梅《こうめ》も当時《とうじ》のことを思《おも》い出《だ》したのか、ジワリと目尻《めじり》に涙《なみだ》を浮《う》かべる。

親《おや》が動物園《どうぶつえん》の園長《えんちょう》というだけで心《こころ》ないイジメを受《う》けたなら、小梅《こうめ》が動物園嫌《どうぶつえんぎら》いになってしまったのもわかる気《き》がする。

「もういいんです。私《わたし》が動物《どうぶつ》に近《ちか》づきたくないのは、それ以外《いがい》にも理由《りゆう》があるし……」

「それ以外《いがい》の理由《りゆう》？」

「もう放《ほう》っておいて下《くだ》さい。どうせ何《なに》したって、この動物園《どうぶつえん》はつぶれるんですから」

「あ、小梅《こうめ》ちゃん！」

そのまま逃《に》げるようにして馬屋《うまや》の向《む》こうへと走《はし》り去《さ》ってしまう小梅《こうめ》。

もちろんユリアはすぐに後《あと》を追《お》おうとしたが、メイにツインテールの片方《かたほう》をムシャッとかじられてしまう。

「いたっ！　痛《いた》いよ、メイ〜〜〜！」

「ヒヒヒン、ヒヒーンッ！」

「もしかしてオレ達《たち》が津田《つだ》さんをイジメてるって勘違《かんちが》いしちゃったかな？」

結局《けっきょく》ユリア達《たち》はメイに足止《あしど》めされ、小梅《こうめ》の後姿《うしろすがた》を見失《みうしな》ってしまった。

それと入《い》れ違《ちが》いで、ある別《べつ》の人物《じんぶつ》が牧場《ぼくじょう》エリアにやってくる。

「おや？　君達《きみたち》はさっき駅前《えきまえ》で募金《ぼきん》してくれた……」

「あ、小梅《こうめ》ちゃんのお父《とう》さんだ！　ナーイスタイミング!!」

それは小梅《こうめ》の父親《ちちおや》であり、この動物園《どうぶつえん》の責任者《せきにんしゃ》でもある津田園長《つだえんちょう》その人《ひと》だった。


その後《あと》、ユリア達《たち》は動物園《どうぶつえん》の事務所《じむしょ》に誘《さそ》われ、園長《えんちょう》から直《じか》に話《はなし》を聞《き》くことになった。

「そうですか、あなた達《たち》はオメガ高校《こうこう》の……。もし小梅《こうめ》が無事合格《ぶじごうかく》した暁《あかつき》には、仲良《なかよ》くしてやって下《くだ》さいね」

駅前《えきまえ》で募金《ぼきん》した時《とき》も感《かん》じたが、園長《えんちょう》はくしゃりと崩《くず》れる笑顔《えがお》が印象的《いんしょうてき》な、とっても優《やさ》しそうなお父《とう》さんだ。そのお父《とう》さん相手《あいて》にユリアは難《むずか》しい顔《かお》で話《はなし》を切《き》り出《だ》す。

「でも小梅《こうめ》ちゃん、本当《ほんとう》にオメガ高校《こうこう》に入学《にゅうがく》したいのかな？」

「……え？」

その意見《いけん》に賛同《さんどう》したのは、ユリアのとなりに座《すわ》るシュリやエリだ。

「うん、確《たし》かにどこか意地《いじ》になっているような感《かん》じがするよね。動物《どうぶつ》は嫌《きら》いって言《い》い張《は》ってるのと同《おな》じで、自分《じぶん》はエリートになるんだって無理《むり》やり言《い》い聞《き》かせてるような……」

「……」

「やっぱり小学生《しょうがくせい》の頃《ころ》、クラスメイトに臭《くさ》いって言《い》われたこと、今《いま》も気《き》にしているんでしょうか？」

「……」

ユリア達《たち》が本気《ほんき》で小梅《こうめ》のことを心配《しんぱい》しているのを知《し》って、園長《えんちょう》もユリア達《たち》に心《こころ》を開《ひら》いてくれたようだ。

「ありがとう。知《し》り合《あ》ったばかりの小梅《こうめ》のことを気《き》にかけてくれて。でも元《もと》はといえば父《ちち》親《おや》である私《わたし》が悪《わる》いんです。ちゃんと小梅《こうめ》の心《こころ》のケアをしてあげられなかったから……」

「──というと？」

「小梅《こうめ》は私《わたし》が動物園《どうぶつえん》の園長《えんちょう》ということで、クラスメイトから心《こころ》ないことを言《い》われていたらしいです。だけど小梅《こうめ》はそんなの気《き》にしないと、毎日動物《まいにちどうぶつ》たちの世話《せわ》を積極的《せっきょくてき》にしてくれていました。でも小学校卒業《しょうがっこうそつぎょう》を目前《もくぜん》にしたある日《ひ》──」

「……」

そしてユリアは園長《えんちょう》の口《くち》から、とても悲《かな》しい話《はなし》を聞《き》くのだった。

「この動物園《どうぶつえん》の牧場《ぼくじょう》エリアには、三年前《さんねんまえ》までマリーという白毛《しろげ》のポニーがいました。実《じっ》は小梅《こうめ》が生《う》まれた日《ひ》とマリーが生《う》まれた日《ひ》は同《おな》じで、小梅《こうめ》とマリーは双子《ふたご》の姉妹《しまい》のように仲《なか》がよかったんです。だからいくら友達《ともだち》から動物臭《どうぶつくさ》いと言《い》われても、小梅《こうめ》はマリーの世話《せわ》をサボろうとはしなかったし、マリーもそんな小梅《こうめ》にとても懐《なつ》いていました」

「うわっ、人間《にんげん》と馬《うま》のステキな友情《ゆうじょう》だね〜」

「うん、聞《き》いててうらやましいくらいだよ」

ユリアは感動《かんどう》で瞳《ひとみ》をうるうるさせるものの、園長《えんちょう》の表情《ひょうじょう》はフッと曇《くも》る。

「だけどその年《とし》の桜《さくら》が咲《さ》く直前《ちょくぜん》のことでした。お客様《きゃくさま》を背中《せなか》に乗《の》せている途中《とちゅう》、マリーが右前脚《みぎまえあし》を骨折《こっせつ》してしまったんです。たかが骨折《こっせつ》と思《おも》われるかもしれませんが、馬《うま》は四本《よんほん》のうち一本《いっぽん》の脚《あし》が使《つか》えなくなると、残《のこ》り三本《さんぼん》の脚《あし》に負担《ふたん》がかかりすぎてしまい、あっという間《ま》に衰弱《すいじゃく》してしまうんです。結局《けっきょく》マリーも蹄葉炎《ていようえん》という病気《びょうき》にかかり、小梅《こうめ》も必死《ひっし》に看病《かんびょう》したんですが、マリーは半月後《はんつきご》に亡《な》くなってしまいました」

「そ、そんな……」

「マリーも小梅《こうめ》ちゃんもかわいそう……」

「ぐす……っ」

小梅《こうめ》とマリーの過去《かこ》を聞《き》いて、ユリアだけでなくシュリやエリも思《おも》わず涙《なみだ》ぐむ。

「それからです。小梅《こうめ》が動物《どうぶつ》の世話《せわ》を極端《きょくたん》に嫌《いや》がるようになったのは。多分友達《たぶんともだち》に臭《くさ》いと言《い》われたこと、マリーが死《し》んでしまったことなどが重《かさ》なって、心《こころ》がぽきりと折《お》れてしまったんでしょう。もうあんな辛《つら》い思《おも》いはしたくない。だったら最初《さいしょ》から動物《どうぶつ》に近《ちか》づかなければいいと、動物《どうぶつ》の世話《せわ》を放棄《ほうき》するようになりました」

「そっか。そうだったんだ……」

「それだけマリーの死《し》が辛《つら》かったんだろうね」

「確《たし》か大事《だいじ》なペットが死《し》んだ後《あと》、飼《か》い主《ぬし》が無気力《むきりょく》になってしまうのを、ペットロス症候群《しょうこうぐん》っていうんでしたっけ……。私《わたし》もチワワを飼《か》ってるから、小梅《こうめ》さんの悲《かな》しさや辛《つら》さがわかります」

ユリア達《たち》はうんうんと園長《えんちょう》の話《はなし》に耳《みみ》を傾《かたむ》けながら、ようやく小梅《こうめ》の事情《じじょう》を把握《はあく》した。

「とはいえ、動物《どうぶつ》は一部《いちぶ》の例外《れいがい》を除《のぞ》いて人間《にんげん》より短命《たんめい》です。でも共《とも》にいられる時間《じかん》が短《みじか》いからこそ、私《わたし》は心《こころ》を込《こ》めてお世話《せわ》したいと思《おも》っていますし、愛情《あいじょう》をかければかけた分《ぶん》、動《どう》物《ぶつ》たちもまたその愛情《あいじょう》に応《こた》えてくれます」

「うん、その通《とお》り！　ユリアも動物大好《どうぶつだいす》きだよー!!」

ユリアは園長《えんちょう》の話《はなし》に感動《かんどう》して、ウワーンと滝《たき》のような涙《なみだ》を流《なが》した。動物《どうぶつ》を愛《あい》する園長《えんちょう》の心意気《こころいき》に、強《つよ》く共感《きょうかん》したからだ。

「だけど小梅《こうめ》は、『お父《とう》さんみたいになりたくはない』と、この動物園《どうぶつえん》そのものを否定《ひてい》するようになってしまって……。多分親《たぶんおや》である私《わたし》とは正反対《せいはんたい》の道《みち》――つまりいい学校《がっこう》に進学《しんがく》して、動物園《どうぶつえん》とは関係《かんけい》ない職業《しょくぎょう》に就《つ》くことだけが目標《もくひょう》になってしまったんです」

「うーん、思《おも》った以上《いじょう》に小梅《こうめ》ちゃんの心《こころ》の傷《きず》は深《ふか》そうだね……」

ユリアは顎《あご》に手《て》をかけ、どうしたものかと考《かんが》えた。

もちろん小梅《こうめ》が心《こころ》の底《そこ》からオメガ高《こう》に進学《しんがく》したいと言《い》うならユリアだって全力《ぜんりょく》で応援《おうえん》する。けれど小梅《こうめ》の本心《ほんしん》は違《ちが》うような気《き》がしてならない。

なぜなら動物《どうぶつ》は嫌《きら》いと口《くち》では言《い》いながらも、アルパカやメイに触《ふ》れていた時《とき》の小梅《こうめ》は、無《む》意識《いしき》に微笑《ほほえ》んでいたのだから……。

「あ、ちょっとすいません。電話《でんわ》が……」

その時《とき》、不意《ふい》に園長《えんちょう》の携帯《けいたい》が鳴《な》った。

園長《えんちょう》はソファから立《た》ち上《あ》がりしばらく携帯《けいたい》で話《はなし》をしていたが、次第《しだい》にその顔色《かおいろ》が悪《わる》くなっていく。最初《さいしょ》は小《ちい》さかった話《はな》し声《ごえ》が、怒鳴《どな》り声《ごえ》に変《か》わっていったのだ。

「ちょっ、ちょっと待《ま》って下《くだ》さい！　そんな…いきなり助成金《じょせいきん》を打《う》ち切《き》るだなんて！　そんなことされたらうちはつぶれてしまいます!!」

「!?」

「お願《ねが》いです。もう一度《いちど》考《かんが》え直《なお》しを……。えっ？　いきなりそんな無茶《むちゃ》な条件《じょうけん》を出《だ》されても……。あの、もしもし!?　もしもし!?」

園長《えんちょう》は真《ま》っ青《さお》な顔《かお》で電話口《でんわぐち》の相手《あいて》と交渉《こうしょう》していたが、一方的《いっぽうてき》に電話《でんわ》を切《き》られてしまったらしく、そのまま近《ちか》くのソファの上《うえ》に倒《たお》れ込《こ》んだ。

これはただ事《ごと》じゃないと察知《さっち》したユリア達《たち》は、慌《あわ》てて園長《えんちょう》のそばに駆《か》け寄《よ》る。

「園長《えんちょう》さん、大丈夫《だいじょうぶ》ですか!?」

「ど、どうしよう。どうしたらいいんだ……」

「確《たし》か助成金《じょせいきん》が打《う》ち切《き》られるとか言《い》っていましたね。それはもしかしたらオメガ町《ちょう》が一般《いっぱん》企業《きぎょう》向《む》けに支出《ししゅつ》してる助成金《じょせいきん》ですか？」

「ああ、そうだ。オメガ町《ちょう》から支給《しきゅう》される助成金《じょせいきん》で、今《いま》まで動物園《どうぶつえん》の赤字《あかじ》をカバーしていたんだ」

園長《えんちょう》はがっくりとうなだれて、絶望《ぜつぼう》したように両手《りょうて》で顔《かお》を覆《おお》う。どうやらオメガ町《ちょう》の助《たす》けがあったからこそ、今《いま》まで動物園《どうぶつえん》は赤字《あかじ》でも存続《そんぞく》できていたようだ。

「町《まち》の担当《たんとう》が言《い》うには、今月中《こんげつちゅう》に入場者数《にゅうじょうしゃすう》を三倍《さんばい》にできなければ、来月《らいげつ》から助成金《じょせいきん》は打《う》ち切《き》ると……。しかしいきなり三倍《さんばい》になんて無理《むり》に決《き》まってる」

「……」

「ああ、だがこのままじゃ動物《どうぶつ》たちがバラバラに……。一体《いったい》どうしたらいいんだ……」

自分《じぶん》の不甲斐《ふがい》なさが悔《くや》しいのか、園長《えんちょう》は頭《あたま》を抱《かか》えた。

その苦悩《くのう》を間近《まぢか》で見《み》ていたユリア、シュリ、エリの三人《さんにん》は、視線《しせん》を合《あ》わせて大《おお》きくうなずく。

「聞《き》いた？　このままだと津田動物園《つだどうぶつえん》はなくなっちゃうみたい」

「うん、オメガ町でたった一《ひと》つの動物園《どうぶつえん》、なんとしてでも残《のこ》したいね！」

「私《わたし》もどこまでできるかわかりませんけど、精一杯協力《せいいっぱいきょうりょく》します！」

「……？　……君達《きみたち》？」

ユリア達《たち》がエイエイオー！　と手《て》を合《あ》わせたのを見《み》て、園長《えんちょう》はのろのろと顔《かお》を上《あ》げる。

「園長《えんちょう》さん、ギリギリまで諦《あきら》めちゃだめ！　この動物園《どうぶつえん》で暮《く》らす動物《どうぶつ》たちのためにも頑張《がんば》って入場者数《にゅうじょうしゃすう》、三倍《さんばい》まで伸《の》ばしちゃいましょー！」

＊　＊　＊

そうして翌日《よくじつ》、『津田動物園再生作戦《つだどうぶつえんさいせいさくせん》』がユリア発案《はつあん》でスタートした！

ユリアは朝一番《あさいちばん》で登校《とうこう》するなりオメガ高校《こうこう》の放送室《ほうそうしつ》をのっとり、全校生徒《ぜんこうせいと》に向《む》かってボランティアメンバーを募集《ぼしゅう》する。

『パンパカパーン！　生徒会長《せいとかいちょう》の相川《あいかわ》ユリアでっす！　オメガ高《こう》のみんな、レッツ・ボランティア！　津田動物園《つだどうぶつえん》を救《すく》うために、動物《どうぶつ》ふれあいカリキュラム第二弾《だいにだん》、始《はじ》めちゃうよ〜〜〜〜!!』

「ん？　またあのバカがなんか企《たくら》んでいるのか？」

「相川《あいかわ》さんってホント、懲《こ》りないわよね」

しかし勉強《べんきょう》一筋《ひとすじ》のオメガ高校《こうこう》では、ボランティアに対《たい》する関心《かんしん》は低《ひく》い。副会長《ふくかいちょう》もヒカルも一瞬《いっしゅん》校内放送《こうないほうそう》に耳《みみ》を傾《かたむ》けたものの、すぐに視線《しせん》を教科書《きょうかしょ》に戻《もど》してしまう。

だがそこはさすが天才《てんさい》・相川《あいかわ》ユリア。

言葉《ことば》巧《たく》みにオメガ高校生徒《こうこうせいと》が最《もっと》も食《く》いつきやすい条件《じょうけん》を発表《はっぴょう》したのだ。

『みんな、勉強《べんきょう》もいいけど大事《だいじ》なこと忘《わす》れてないかな？　いい大学《だいがく》に入《はい》るためには勉強《べんきょう》だけでなく内申《ないしん》も重要《じゅうよう》！　ちなみにボランティア活動《かつどう》に参加《さんか》した経歴《けいれき》があれば、受験《じゅけん》の面接《めんせつ》などで有利《ゆうり》になるよ。大学《だいがく》に入《はい》って就職活動《しゅうしょくかつどう》する時《とき》も、ボランティア活動《かつどう》の経験《けいけん》があると、プラス査定《さてい》がもらえるんだけどな〜♪』

「な、なにぃ!?」

「ボランティアに参加《さんか》すると、そんなおいしい特権《とっけん》が!?」

「こ、これは全力《ぜんりょく》で参加《さんか》するしかない！」

このユリアが撒《ま》いた餌《えさ》に生徒達《せいとたち》は一斉《いっせい》に食《く》いつき、次々《つぎつぎ》と動物《どうぶつ》ふれあいカリキュラムに志願《しがん》した。副会長《ふくかいちょう》やヒカル、芥川《あくたがわ》ら生徒会《せいとかい》メンバーも、将来《しょうらい》のプラス査定《さてい》に目《め》がくらんだのか、渋々《しぶしぶ》ユリアに付《つ》き従《したが》う。

「ああ、くそ！　結局《けっきょく》また相川《あいかわ》ユリアに乗《の》せられるのか！」

「仕方《しかた》ないですね。生徒会長《せいとかいちょう》の方《ほう》が一枚《いちまい》も二枚《にまい》も上手《うわて》ですから」

こうしてユリアの計算通《けいさんどお》り、オメガ高《こう》のほぼ全員《ぜんいん》が津田動物園《つだどうぶつえん》の再生《さいせい》に協力《きょうりょく》することになった。

「さぁ、みんなの力《ちから》を合《あ》わせて、夢《ゆめ》の動物王国《どうぶつおうこく》を守《まも》り抜《ぬ》こう――!!」

一方《いっぽう》その頃《ころ》、小梅《こうめ》は中学校《ちゅうがっこう》からの帰《かえ》り道《みち》の途中《とちゅう》、とある公園《こうえん》に寄《よ》っていた。

ベンチに座《すわ》りながらカバンから取《と》り出《だ》したのは一通《いっつう》の願書《がんしょ》。

それは「自然《しぜん》と食《しょく》」をテーマにしたミュ高校《こうこう》の願書《がんしょ》だった。

ミュ高校《こうこう》は自家栽培《じかさいばい》の野菜《やさい》で給食《きゅうしょく》を作《つく》ったり、牛《うし》や鶏《にわとり》、馬《うま》などたくさんの家畜《かちく》を飼《か》っている。オメガ高《こう》とは別《べつ》の意味《いみ》で特色《とくしょく》のある学校《がっこう》だ。

「はぁ～……」

その願書《がんしょ》を見《み》つめながら、小梅《こうめ》は長《なが》いため息《いき》をついた。

すでにエリート校《こう》であるオメガ高校《こうこう》に願書《がんしょ》を提出《ていしゅつ》したはずなのに、なぜかミュ高校《こうこう》の願《がん》書《しょ》も捨《す》てられない。

それは小梅《こうめ》の心《こころ》の中《なか》でまだ動物《どうぶつ》に対《たい》する情熱《じょうねつ》がくすぶっている証拠《しょうこ》。

だけどそんな自分《じぶん》を認《みと》めたくない小梅《こうめ》は、ぶんぶんと頭《あたま》を振《ふ》った。

「違《ちが》う！　私《わたし》はエリートになって優雅《ゆうが》に暮《く》らすの！　マリーの時《とき》みたいな辛《つら》い思《おも》いはもうたくさん!!」

小梅《こうめ》は願書《がんしょ》をカバンの中《なか》に突《つ》っ込《こ》むと、ベンチから立《た》ち上《あ》がりのろのろと歩《ある》きだす。

西《にし》の水平線《すいへいせん》は淡《あわ》いオレンジ色《いろ》に染《そ》まり、夜空《よぞら》には一番星《いちばんぼし》が輝《かがや》き始《はじ》めていた。

「ん？　なに？　あれ……」

小梅《こうめ》が異常《いじょう》に気《き》づいたのは、動物園《どうぶつえん》のとなりにある自宅《じたく》に辿《たど》り着《つ》いた時《とき》のことだった。

いつもはお客《きゃく》もいなくてシーンと静《しず》まっているはずの動物園《どうぶつえん》が何《なに》やら騒《さわ》がしい。

しかもチカチカと眩《まぶ》しい光《ひかり》も漏《も》れてくる。

小梅《こうめ》は自宅《じたく》ではなく、制服姿《せいふくすがた》のまま動物園正面《どうぶつえんしょうめん》に回《まわ》った。

するとそこには――

「はーい、じゃあ次《つぎ》はサファリパークエリアの改造《かいぞう》に取《と》りかかりまぁっす！　二年生《にねんせい》のA《エー》

班《はん》とB班《ビーはん》、用意《ようい》はいい？」

「生徒会長《せいとかいちょう》、こっちはいつでもオッケーです！」

「よぉし、それとネット宣伝班《せんでんはん》の方《ほう》はどうなってる、ヒカるん？」

「現在《げんざい》ツイッターやラインで情報拡散中《じょうほうかくさんちゅう》!!　こっちのことは心配《しんぱい》しないで、相川《あいかわ》さんは園《えん》内《ない》の改造《かいぞう》に集中《しゅうちゅう》して！」

「了解《りょうかい》でっす。テヘッ☆」

「………なっ!?」


なんとそこには、大《おお》きな建設用《けんせつよう》ゴンドラに乗《の》りながら、拡声器《かくせいき》で大勢《おおぜい》の生徒《せいと》に指示《しじ》を出《だ》すユリアの姿《すがた》があったのだ！

さらに動物園《どうぶつえん》のあちこちにはライトがつけられていて、大勢《おおぜい》のオメガ高《こう》の生徒《せいと》が広《ひろ》い園《えん》内《ない》を走《はし》り回《まわ》っている。

「なっ、なっ、これは何《なに》!?」

「あ、小梅《こうめ》ちゃんだ、ヤッホー！」

工事用《こうじよう》ヘルメットをかぶったユリアは、ゴンドラの上《うえ》からぶんぶんと手《て》を振《ふ》った。

小梅《こうめ》はあまりに唖然《あぜん》としすぎて、声《こえ》が出《だ》せない。

「今《いま》、津田動物園《つだどうぶつえん》はオメガ高校全面協力《こうこうぜんめんきょうりょく》の下《もと》、入場者三倍《にゅうじょうしゃさんばい》キャンペーンを実施中《じっしちゅう》なんだ！

小梅《こうめ》ちゃんも手伝《てつだ》ってく？」

「はあっ⁉　入場者《にゅうじょうしゃ》をいきなり三倍《さんばい》になんて、そんなの絶対無理《ぜったいむり》です！」

小梅《こうめ》はユリアの言葉《ことば》でようやく正気《しょうき》に返《かえ》り、喉《のど》の奥《おく》から声《こえ》を絞《しぼ》り出《だ》した。

今《いま》さらこの動物園《どうぶつえん》を再生《さいせい》させようなんてバカげてる。

小梅《こうめ》はなぜユリアがそんなことをするのか理解《りかい》できなくてイライラした。

「あれ？　無理《むり》だって誰《だれ》が決《き》めたの？　そんなの試《ため》してみないとわからないじゃない？」

「試《ため》さなくてもわかります。絶対不可能《ぜったいふかのう》です！」

ユリアの無邪気《むじゃき》な言《い》い分《ぶん》に、小梅《こうめ》はさらにムキになった。

ユリアはにっこりと笑《わら》うと、小梅《こうめ》にあるひとつの言葉《ことば》を贈《おく》る。

「可能性《かのうせい》を信《しん》じられない小梅《こうめ》ちゃんには、イギリスの女優《じょゆう》・オードリー・ヘップバーンの言葉《ことば》を教《おし》えてあげるね。

『不可能《ふかのう》なことなんてない。その言葉自体《ことばじたい》が〝私《わたし》は可能《かのう》〟だと言《い》っている』ってね♪」

「……は？」

ユリアが口《くち》にした名言《めいげん》の意味《いみ》がわからなくて、小梅《こうめ》は思《おも》わず眉間《みけん》にしわを寄《よ》せた。

するとユリアはパチンとイタズラげにウィンクする。

「ほら、不可能《ふかのう》は英語《えいご》でimpossibleっていうよね。でもこの単語《たんご》、読《よ》み方《かた》をちょっと変《か》えるとI'm possible――つまり『私《わたし》は可能《かのう》だ』という意味《いみ》になるでしょ？」

「………あっ！」

ユリアの解説《かいせつ》を聞《き》いて、小梅《こうめ》はようやく名言《めいげん》の意味《いみ》を悟《さと》る。

「Nothing is impossible, the word itself says "I'm possible"――つまりこの世《よ》に不可能《ふかのう》なことなんてない。それがオメガ高校《こうこう》ならなおさらね♪」

「!!」

「さぁ、みんな。あともうひと頑張《がんば》り！　アイム・ポッシブル――！（私《わたし》は可能《かのう》だ）」

「アイム・ポッシブル――!!」

ユリアは自信満々《じしんまんまん》な笑《え》みを浮《う》かべ、夜空《よぞら》に向《む》かって右手《みぎて》を突《つ》き上《あ》げた。

その威勢《いせい》のいい掛《か》け声《ごえ》に、作業中《さぎょうちゅう》のオメガ高生徒達《こうせいとたち》もハイテンションで応《こた》える。

最初《さいしょ》は内申目当《ないしんめあ》てで始《はじ》めたボランティア活動《かつどう》が、だんだん楽《たの》しくなってきたらしい。

夜空《よぞら》の下《した》、ユリア達《たち》オメガ高校《こうこう》の心《こころ》は一《ひと》つになったのだ！

「ということで小梅《こうめ》ちゃん、見《み》てて！　絶対《ぜったい》に津田動物園《つだどうぶつえん》を生《い》き返《かえ》らせてみせるから！」

「〜〜〜っ！　知《し》りません。勝手《かって》にして下《くだ》さい!!」

小梅《こうめ》は顔《かお》を真《ま》っ赤《か》にして、ユリア達《たち》に背《せ》を向《む》けた。これ以上《いじょう》ここにいたら、もっとひどい言葉《ことば》を投《な》げかけてしまいそうだったから。

「あれれ？　小梅《こうめ》ちゃん、メイに餌《えさ》やらなくていいの？」

「私《わたし》がやらなくても、他《ほか》に飼育員《しいくいん》はたくさんいます！」

小梅《こうめ》は振《ふ》り向《む》きざまそう言《い》い捨《す》てると慌《あわ》てて自宅《じたく》に戻《もど》り、バン！　と勢《いきお》いよく玄関《げんかん》のドアを閉《し》めた。

となりから聞《き》こえるオメガ高生徒達《こうせいとたち》の声《こえ》がひどく耳障《みみざわ》りで、思《おも》わず両手《りょうて》で耳《みみ》を塞《ふさ》ぐ。

「あんな古《ふる》い動物園《どうぶつえん》が今《いま》さら再生《さいせい》なんてするわけないじゃない。バッカみたい！」

そう文句《もんく》を言《い》いながら、ずるずると玄関先《げんかんさき》でしゃがみ込《こ》む小梅《こうめ》。

だけどキラキラと輝《かがや》くユリアの瞳《ひとみ》を思《おも》い出《だ》すたび、なぜか心《こころ》の底《そこ》がざわついた。

そして次《つぎ》の日《ひ》――週末《しゅうまつ》の土曜《どよう》。

すっかり不貞腐《ふてくさ》れた小梅《こうめ》はひとり布団《ふとん》を頭《あたま》からかぶり、お昼《ひる》になってもベッドの上《うえ》でグズグズしていた。だが時計《とけい》の針《はり》が十二時《じゅうにじ》を回《まわ》った直後《ちょくご》、部屋《へや》のドアが勢《いきお》いよく開《ひら》き、かぶっていた布団《ふとん》をガバリとはがされる。

「小梅《こうめ》、小梅《こうめ》！　ちょっと来《き》てくれ！　おまえに見《み》てほしいものがあるんだ‼」

「……………っ⁉　お、お父《とう》さん⁉」

小梅《こうめ》から布団《ふとん》を取《と》り上《あ》げたのは、父親《ちちおや》である園長《えんちょう》だ。頬《ほほ》を真《ま》っ赤《か》に紅潮《こうちょう》させていて、いつもよりかなり興奮《こうふん》しているとわかる。

「もう、一体《いったい》なんなのよ……」

「いいから早《はや》く！」

園長《えんちょう》は小梅《こうめ》を無理《むり》やり着替《きが》えさせ、その手《て》を引《ひ》っ張《ぱ》って動物園《どうぶつえん》の正面玄関《しょうめんげんかん》まで連《つ》れてきた。小梅《こうめ》もまた、そこで眠気《ねむけ》が吹《ふ》っ飛《と》ぶような光景《こうけい》を目撃《もくげき》する。

「な、何《なに》よ、これ……っ！」

──そう。それは正面《しょうめん》ゲートから続《つづ》く長蛇《ちょうだ》の列《れつ》。

今《いま》まで見《み》たこともないほど大勢《おおぜい》のお客《きゃく》が、動物園前《どうぶつえんまえ》に押《お》し寄《よ》せていたのだ!!

「あ、小梅《こうめ》ちゃん。見《み》てみて、ユリアやったよ〰〰!!」

「せ、生徒会長《せいとかいちょう》さん!?」

動物園《どうぶつえん》の正面《しょうめん》ゲートでは、ユリアが待《ま》っていた。ユリアは小梅《こうめ》に近《ちか》づきその手《て》を握《にぎ》ると、園長《えんちょう》とバトンタッチして小梅《こうめ》を先導《せんどう》しながら歩《ある》きだす。

「ではリニューアルした津田動物園《つだどうぶつえん》を早速案内《さっそくあんない》しちゃうね♪」

「あ、あの、生徒会長《せいとかいちょう》さん!?」

「まずは正面《しょうめん》ゲートを鮮《あざ》やかに彩《いろど》るアニマルフラワーアート!」

「……………っ!」

次《つぎ》の瞬間《しゅんかん》、小梅《こうめ》の視界《しかい》に飛《と》び込《こ》んできたのは、ゲート正面《しょうめん》を飾《かざ》る華々《はなばな》しい花壇《かだん》だ。七色《なないろ》の花《はな》がゾウやキリン、ライオンのアートになっていて、笑顔《えがお》でお客様《きゃくさま》をお出迎《でむか》えしている。

「す、すごい! たった一晩《ひとばん》でこれを!?」

「でしょでしょ? こーゆー花壇《かだん》は、見《み》てるだけでワクワクしてくるよね! 頑張《がんば》ってくれたオメガ高園芸部《こうえんげいぶ》のみなさんに拍手《はくしゅ》、拍手《はくしゅ》〜〜〜!!」

ユリアがパチパチと手《て》を叩《たた》くと、ゲート前《まえ》で行列《ぎょうれつ》を作《つく》っていたお客《きゃく》からも、たくさんの歓声《かんせい》と拍手《はくしゅ》が沸《わ》き起《お》こった。花壇《かだん》の脇《わき》で作業《さぎょう》を続《つづ》けていた園芸部《えんげいぶ》の生徒《せいと》も「ありがとうございます〜」と笑顔《えがお》で応《こた》える。

「やっぱりゲート前《まえ》の印象《いんしょう》って大切《たいせつ》だよね。だから動物園《どうぶつえん》に来《き》たお客《きゃく》さんに『これからどんな楽《たの》しいことが起《お》こるんだろう？』って思《おも》ってもらえるよう、フラワーアートでドキドキワクワクを演出《えんしゅつ》してみました〜♪」

「っっ！」

ユリアは得意《とくい》げに笑《わら》うと、小梅《こうめ》の手《て》をさらに強《つよ》く引《ひ》っ張《ぱ》る。

「さぁ、じゃあ次《つぎ》は園内《えんない》に突撃《とつげき》だよ！　今《いま》までにはない工夫《くふう》を色々《いろいろ》取《と》り入《い》れてみたんだ。乞《こ》うご期待《きたい》〜!!」

「………っ！」

そしてユリアに連《つ》れられ、小梅《こうめ》の園内見学《えんないけんがく》ツアーが始《はじ》まった。

小梅《こうめ》は園内《えんない》に入《はい》ってすぐ、歩道《ほどう》の変化《へんか》に気《き》づく。

「あ、これってもしかして動物《どうぶつ》の足跡《あしあと》？」

「その通《とお》り！　歩道《ほどう》に動物《どうぶつ》の足跡《あしあと》をペインティングしてみました！　カピバラの足跡《あしあと》を追《お》っていくとカピバラ園《えん》に！　キリンの足跡《あしあと》を追《お》っていくとキリン舎《しゃ》に辿《たど》り着《つ》くよ！」

「な、なるほど……！」

　このアイデアには小梅《こうめ》も素直《すなお》に感心《かんしん》した。

　どうやら動物《どうぶつ》の足跡《あしあと》は実際《じっさい》の動物《どうぶつ》たちの歩幅《ほはば》と一致《いっち》しているようで、それを踏《ふ》みながら歩《ある》いていくのはとても楽《たの》しい。しかも足跡《あしあと》を辿《たど》っていけばその動物《どうぶつ》に会《あ》えるのだ。足跡《あしあと》が案内板《あんないばん》の役目《やくめ》も果《は》たしているとは、まさに一石二鳥《いっせきにちょう》だ。

「それと動物《どうぶつ》の展示《てんじ》を行動展示《こうどうてんじ》に変《か》えてみたよ！　檻《おり》の中《なか》に入《はい》ってるだけじゃ動物《どうぶつ》たちも窮屈《きゅうくつ》だと思《おも》って、自然《しぜん》で暮《く》らす姿《すがた》を再現《さいげん》してみました〜!!」

　さらに大《おお》きく変《か》わったのは、なんといっても園内《えんない》の構造《こうぞう》そのものだった。

　岩山《いわやま》しかなかった猿山《さるやま》には大《おお》きな木《き》が運《はこ》び込《こ》まれ、猿《さる》たちが楽《たの》しそうに木登《きのぼ》りしている。

　さらに牧場《ぼくじょう》エリアでは高《たか》い足場《あしば》の陸橋《りっきょう》が組《く》まれ、その上《うえ》を悠々《ゆうゆう》とヤギが散歩《さんぽ》していた。

「うわっ、ヤギさんがジェットコースターみたいな高《たか》い橋《はし》を渡《わた》ってるよー！」

「そうなんです。ヤギは元々高《もともとたか》い山《やま》で暮《く》らす動物《どうぶつ》なので、高《たか》い所《ところ》が大好《だいす》きなんです」

　高《たか》さ五《ご》メートルの上《うえ》に架《か》けられた細《ほそ》い陸橋《りっきょう》を渡《わた》るヤギを見《み》て、お客《きゃく》さんたちは驚《おどろ》いたようだ。案内役《あんないやく》の飼育員《しいくいん》が、ヤギの習性《しゅうせい》をていねいに説明《せつめい》している。

「この行動展示《こうどうてんじ》は北海道《ほっかいどう》の旭山動物園《あさひやまどうぶつえん》が発明《はつめい》したものなんだ！　鳥《とり》を集《あつ》めたバード館《かん》もネットを張《は》って自由《じゆう》に飛《と》び回《まわ》れるようにしたし、やっぱり自然《しぜん》の姿《すがた》が一番《いちばん》だよね！」

「！」

「あ、でも頭《あたま》の上《うえ》には気《き》を付《つ》けてね。高《たか》い木《き》の上《うえ》にいるオランウータンがウンチやおしっこをしちゃうかもしれないから☆」

ユリアは「頭上注意《ずじょうちゅうい》！」と書《か》かれた看板《かんばん》を指《ゆび》さしながらテヘッと笑《わら》った。

いつも檻《おり》の中《なか》で寝《ね》ていたオランウータンが、今《いま》は木《き》と木《き》の間《あいだ》に掛《か》けられたロープの上《うえ》を悠々《ゆうゆう》と綱渡《つなわた》りしている。

いつもよりも生《い》き生《い》きとしている動物《どうぶつ》たちの姿《すがた》を目《め》にして、小梅《こうめ》の胸《むね》もドキドキした。

「キャー！　大変《たいへん》よ、あのワンちゃん、ライオンに食《た》べられちゃう！」

「！」

さらにライオン舎《しゃ》の前《まえ》に差《さ》し掛《か》かった時《とき》、観客《かんきゃく》の間《あいだ》から悲鳴《ひめい》が上《あ》がった。ライオン舎《しゃ》の中《なか》を見《み》てみると、確《たし》かに一匹《いっぴき》の犬《いぬ》が中《なか》に迷《まよ》い込《こ》んでいる。だがその犬《いぬ》に見覚《みおぼ》えがあった小《こ》梅《うめ》は、慌《あわ》てて観客《かんきゃく》に話《はな》しかけた。

「お客様《きゃくさま》、あの犬《いぬ》なら大丈夫《だいじょうぶ》です。あの子《こ》は花子《はなこ》という名《な》の雑種犬《ざっしゅけん》なんですけど、ここのライオンとは仲《なか》がよくて……」

「え？」

小梅《こうめ》がそう説明《せつめい》している間《あいだ》にも花子《はなこ》の周《まわ》りにはライオンたちが集《あつ》まり、ペロッと嬉《うれ》しそうに花子《はなこ》の顔《かお》を舐《な》める。花子《はなこ》もまた尻尾《しっぽ》を振《ふ》りながらライオンたちを舐《な》め返《かえ》して、周《まわ》りはほのぼのとした空気《くうき》に包《つつ》まれた。

「あ、ママ。ライオンとワンちゃんが仲良《なかよ》く遊《あそ》んでるよ！」

「まぁ、本当《ほんとう》だわ！」

「えへへ、実《じつ》はここのライオンたちは花子《はなこ》の子供《こども》なのです！　お母《かあ》さんライオンが育児放《いくじほう》棄《き》してしまったので、花子《はなこ》が代《か》わりに母乳《ぼにゅう》を与《あた》えてライオンの兄弟《きょうだい》を育《そだ》てたんですよ！」

「わぁ、そうなんだ。すごい！」

「ということはライオンとワンちゃんは家族《かぞく》なのね！」

ユリアの説明《せつめい》を聞《き》いた観客達《かんきゃくたち》は意外《いがい》な組《く》み合《あ》わせに喜《よろこ》び、じゃれ合《あ》う花子《はなこ》とライオンの写真《しゃしん》をパシャパシャと撮《と》りだした。

すっかり大人《おとな》になってしまったライオンたちが、小《ちい》さな母犬《ははいぬ》に甘《あま》える姿《すがた》はとても可愛《かわい》い。

ライオン舎《しゃ》の前《まえ》には、花子《はなこ》とライオンたちの成長記録《せいちょうきろく》ビデオが流《なが》されている。

一方《いっぽう》、そんな花子《はなこ》たちの姿《すがた》を飽《あ》きるほど見《み》てきた小梅《こうめ》は、思《おも》わずポカンとしてしまった。

「ウソ。こんなことでお客《きゃく》さん喜《よろこ》ぶんだ……」

「フフッ、小梅《こうめ》ちゃんや飼育員《しいくいん》さん達《たち》には見慣《みな》れた風景《ふうけい》でも、お客《きゃく》さんはライオンが犬《いぬ》に育《そだ》てられたなんて知《し》らないからね。でもお客《きゃく》さんはそーゆー動物園《どうぶつえん》の裏側《うらがわ》を見《み》たがっているんだよ」

「！」

ユリアにそう指摘《してき》されて、小梅《こうめ》は目《め》から鱗《うろこ》が落《お》ちる気分《きぶん》だった。

動物園《どうぶつえん》は珍《めずら》しい動物《どうぶつ》がいなければお客《きゃく》さんは集《あつ》まらないと思《おも》い込《こ》んでいたけど、何気《なにげ》ない日常《にちじょう》の中《なか》に動物園《どうぶつえん》を盛《も》り上《あ》げるためのヒントがたくさん隠《かく》されていたのだ。

最初《さいしょ》から無理《むり》だと決《き》めつけていた小梅《こうめ》は気《き》づけなかったが、ユリアは部外者《ぶがいしゃ》であるからこそ新《あたら》しい視点《してん》で、思《おも》いがけないアイデアを考《かんが》え出《だ》せたのだろう。

「さ、小梅《こうめ》ちゃん。まだまだ動物園《どうぶつえん》のリニューアルは続《つづ》くよ。ついてきて！」

「……！」

最初《さいしょ》はいやいやユリアについてきた小梅《こうめ》だったが、ユリアに振《ふ》り回《まわ》されるうちにだんだん気持《きも》ちに変化《へんか》が起《お》きてきた。

もっと……もっと見《み》たい。この動物園《どうぶつえん》がどう生《う》まれ変《か》わったのか！

いつしか小梅《こうめ》の瞳《ひとみ》は輝《かがや》きだし、手《て》のひらには熱《あつ》い汗《あせ》が滲《にじ》んでいた。


その後《あと》も小梅《こうめ》はユリアに案内《あんない》され、動物園《どうぶつえん》を回《まわ》ることになった。

もちろん至《いた》るところにユリアやオメガ高校《こうこう》の生徒《せいと》のアイデアが盛《も》り込《こ》まれていて、動物《どうぶつ》園内《えんない》は大盛況《だいせいきょう》！　特《とく》に園内《えんない》スタンプラリーは小学生《しょうがくせい》に大人気《だいにんき》だった。

「さて、キリンの睡眠時間《すいみんじかん》は一日《いちにち》どのくらいでしょう？」

「えーと、三時間《さんじかん》！」

「いや、人間《にんげん》と同《おな》じくらい八時間《はちじかん》くらい寝《ね》るんじゃね？」

「残念《ざんねん》でした。正解《せいかい》はたったの二十分《にじっぷん》です！」

「えー、そんなのさすがにわかんないよー‼」

「はいじゃあ次《つぎ》は象《ぞう》にまつわる問題《もんだい》。象《ぞう》の表面積《ひょうめんせき》を求《もと》める式《しき》は8・245＋6・807×象《ぞう》の身長《しんちょう》＋7・03×何《なに》？　これに答《こた》えられたら博士《はかせ》コースに進《すす》めるぞ！」

「うわ〜、超難問《ちょうなんもん》〰〰〰っっ!!」

しかもスタンプラリーはただスタンプを押《お》すだけでなく、動物雑学《どうぶつざつがく》クイズもセットだった。レベルの高《たか》い難問《なんもん》に答《こた》えられると、飼育員《しいくいん》から貴重《きちょう》なスタンプをゲットすることが可《か》能《のう》で、全問正解者《ぜんもんせいかいしゃ》には栄《は》えある動物博士号《どうぶつはかせごう》が贈《おく》られる。

このスタンプラリーを企画《きかく》したのは、なんとあの野口副会長《のぐちふくかいちょう》だ。

「ふっ、当然《とうぜん》だ。知的好奇心《ちてきこうきしん》を満《み》たす企画《きかく》こそ、オメガ高校《こうこう》にふさわしい」

自信満々《じしんまんまん》のその言葉通《ことばどお》り、スタンプラリーに挑戦《ちょうせん》する小学生《しょうがくせい》が続出《ぞくしゅつ》！

こうしてスタンプラリーはリピーターを増《ふ》やす目玉企画《めだまきかく》となった。


「はーい、こちらは羊毛《ようもう》を使《つか》ったフェルト作《づく》り教室《きょうしつ》だよ。家族《かぞく》や友達《ともだち》へのお土産《みやげ》にどう？」

「こちらはワンワンカフェ、ニャンニャンカフェ、フクロウカフェ、爬虫類《はちゅうるい》カフェ、お好《す》きな動物《どうぶつ》とふれあえるカフェ通《どお》りとなっておりまーす♪」

さらにユリアは園内《えんない》のグッズやグルメ関係《かんけい》も充実《じゅうじつ》させた。

カフェには動物《どうぶつ》そっくりのキャラ弁《べん》ならぬキャラメニューが用意《ようい》され、カップの上《うえ》にミルクで動物《どうぶつ》を描《えが》くラテアートも大好評《だいこうひょう》。メニューの考案《こうあん》に協力《きょうりょく》したエリも、

「お料理《りょうり》は見《み》た目《め》だけじゃなくて味《あじ》も最高《さいこう》ですよ！　ぜひ一度《いちど》ご賞味《しょうみ》下《くだ》さい！」

……と自信満々《じしんまんまん》！

その結果《けっか》、おいしいもの大好《だいす》きな若《わか》い女性客《じょせいきゃく》が、大挙《たいきょ》して押《お》し寄《よ》せることになった。


『津田動物園内《つだどうぶつえんない》のカフェだけで味《あじ》わえる、必見《ひっけん》アニマルラテアート！』

『子供《こども》だけでなくおじいちゃんやおばあちゃんもモフモフで癒《いや》されちゃおう！』

動物園《どうぶつえん》のリニューアルをネットで大々的《だいだいてき》に宣伝《せんでん》するのは、宣伝隊長《せんでんたいちょう》のヒカル。

次々《つぎつぎ》に動物園内《どうぶつえんない》の画像《がぞう》をネットにアップして、その情報《じょうほう》を目《め》にしたお客《きゃく》さんが次々《つぎつぎ》と押《お》し寄《よ》せ、またその様子《ようす》をネットにアップする……という手法《しゅほう》で、大勢《おおぜい》のお客《きゃく》をあっという間《ま》に集《あつ》めた。

特《とく》にシュリが手配《てはい》した「アニマルセラピー企画《きかく》」はネットでも大反響《だいはんきょう》！

アニマルセラピーとは、動物《どうぶつ》と人《ひと》とのふれあいでストレスを軽減《けいげん》させたり、心《こころ》を健康《けんこう》にさせる療法《りょうほう》のこと。

シュリはある老人《ろうじん》ホームに働《はたら》きかけ、数十人《すうじゅうにん》のおじいちゃんおばあちゃんを格安《かくやす》で動物《どうぶつ》園《えん》に招待《しょうたい》したのだ。

そして動物《どうぶつ》の赤《あか》ちゃん抱《だ》っこ体験《たいけん》イベントに参加《さんか》してもらった結果《けっか》——

「昔犬《むかしいぬ》を飼《か》ってた頃《ころ》に戻《もど》ったみたい……」

「動物《どうぶつ》とふれあえるなら、何度《なんど》でも動物園《どうぶつえん》に来《き》たいわ」

来《く》る前《まえ》は元気《げんき》のなかったおじいちゃんおばあちゃん達《たち》は、生《う》まれて間《ま》もないトラやウサギを抱《だ》っこした途端《とたん》、次々《つぎつぎ》と笑顔《えがお》を取《と》り戻《もど》していったのだ。

車《くるま》いすに乗《の》ってたおばあちゃんは、少《すこ》しでも動物《どうぶつ》のそばに近《ちか》づこうと自力《じりき》で立《た》ち上《あ》がり。

またあるおじいちゃんは抱《だ》っこしたタヌキの赤《あか》ちゃんを片時《かたとき》も離《はな》そうとしなかったり。

やっぱり動物《どうぶつ》が持《も》つ癒《いや》しの力《ちから》はすごい！

ネットでもその光景《こうけい》は生中継《なまちゅうけい》され、シュリ発案《はつあん》のアニマルセラピー企画《きかく》は「素晴《すば》らしい！」「おじいちゃんの涙《なみだ》に私《わたし》も泣《な》いた！」と多《おお》くの人《ひと》に絶賛《ぜっさん》されたのだった。

こうしてオメガ高全校生徒《こうぜんこうせいと》の力《ちから》を合《あ》わせ、大《だい》リニューアルを果《は》たした津田動物園《つだどうぶつえん》は、今《いま》や超満員《ちょうまんいん》。つい昨日《きのう》まで廃《すた》れていたとは思《おも》えないほどの盛況《せいきょう》ぶりだ。

ユリアは号令《ごうれい》を出《だ》して各所《かくしょ》に散《ち》らばってる生徒達《せいとたち》をメイン広場《ひろば》に集《あつ》めると、深々《ふかぶか》と頭《あたま》を下《さ》げる。

「みんな協力《きょうりょく》してくれてありがとー！　この分《ぶん》なら入場者数三倍《にゅうじょうしゃすうさんばい》の目標《もくひょう》、なんとか達成《たっせい》できそうだよ！」

「当然《とうぜん》だろ、オレ達《たち》はエリートなんだから！」

「生徒会長《せいとかいちょう》、内申《ないしん》の方《ほう》、よろしく頼《たの》むわね！」

「まぁ、こんなボランティアだったら、たまに参加《さんか》してやるから！」

みんなで力《ちから》を合《あ》わせて動物園《どうぶつえん》の大改造《だいかいぞう》を成《な》し遂《と》げたことが嬉《うれ》しかったのだろう。

ボランティアに参加《さんか》した生徒達《せいとたち》はみんな満面《まんめん》の笑顔《えがお》で、互《たが》いの苦労《くろう》をねぎらう。

そんなユリアやオメガ高校生徒達《こうこうせいとたち》の姿《すがた》を、小梅《こうめ》は複雑《ふくざつ》な表情《ひょうじょう》で眺《なが》めていた。

赤《あか》の他人《たにん》に動物園《どうぶつえん》の再生《さいせい》を任《まか》せてしまったこと。

自分《じぶん》は口《くち》だけで何《なに》もできなかったこと――

それらの後悔《こうかい》が、大《おお》きな棘《とげ》となって小梅《こうめ》の胸《むね》に突《つ》き刺《さ》さる。

「やれやれ、大《たい》した高校生達《こうこうせいたち》だ。本当《ほんとう》にこの動物園《どうぶつえん》を生《う》まれ変《か》わらせてしまった」

「お父《とう》さん……」

小梅《こうめ》のとなりに立《た》った園長《えんちょう》は、ポリポリと頭《あたま》をかきながら苦笑《くしょう》する。

「本当《ほんとう》は私達動物園《わたしたちどうぶつえん》のスタッフこそがなんとかしなければならなかったのに……。結局《けっきょく》ユリアさん達《たち》の好意《こうい》に甘《あま》えてしまったな」

「……」

「だけどこうして起死回生《きしかいせい》のチャンスをもらったんだ。今度《こんど》こそお父《とう》さんも死《し》ぬ気《き》で頑張《がんば》る。やっぱりお父《とう》さんは動物《どうぶつ》が大好《だいす》きだから」

「お父《とう》さん、私《わたし》……は……」

ユリアやオメガ高校《こうこう》の努力《どりょく》、そして父親《ちちおや》の覚悟《かくご》を目《ま》の当《あ》たりにして、小梅《こうめ》の心《こころ》が大《おお》きく揺《ゆ》れた。

目《め》の奥《おく》がカーッと熱《あつ》くなり、熱《あつ》い涙《なみだ》が勝手《かって》に込《こ》み上《あ》げてくる。

――と、その時《とき》、牧場《ぼくじょう》エリアスタッフが慌《あわ》てた様子《ようす》で広場前《ひろばまえ》に駆《か》け込《こ》んできた。

「園長《えんちょう》、大変《たいへん》です！　メイのお産《さん》が始《はじ》まったんですが、どうやら逆子《さかご》のようです！」

「なんだって⁉」

「！」

その報告《ほうこく》に、園長《えんちょう》だけでなくユリアや小梅《こうめ》もサッと顔色《かおいろ》を失《うしな》う。

逆子《さかご》とはお腹《なか》の中《なか》にいる赤《あか》ちゃんが上下逆《じょうげさか》さまの状態《じょうたい》になってしまっていることで、母子《ぼし》ともに命《いのち》に関《かか》わる大変危険《たいへんきけん》な状態《じょうたい》だ。

ユリアと小梅《こうめ》と園長《えんちょう》はすぐに牧場《ぼくじょう》エリアに向《む》かい、メイがいる馬屋《うまや》の中《なか》に飛《と》び込《こ》んだ。

「メイ！」

「お産《さん》はどうなってる⁉」

馬屋《うまや》ではすでに獣医《じゅうい》や飼育員《しいくいん》がスタンバイしていたが、誰一人《だれひとり》としてメイのそばに近《ちか》づけず、遠巻《とおま》きに見《み》つめるだけだった。

何《なに》せメイは元々神経質《もともとしんけいしつ》で警戒心《けいかいしん》の強《つよ》いポニー。出産《しゅっさん》でいつも以上《いじょう》に興奮《こうふん》してしまっているため、スタッフが近《ちか》づこうとしても手足《てあし》をばたつかせて全力《ぜんりょく》で威嚇《いかく》してくるのだ。

「先生《せんせい》、メイは……。メイは大丈夫《だいじょうぶ》ですか⁉」

「先《さき》ほど破水《はすい》して子供《こども》の後《うし》ろ脚《あし》が見《み》えている状態《じょうたい》だ。頭《あたま》からではなく後《うし》ろ脚《あし》からの出産《しゅっさん》では、子供《こども》が窒息《ちっそく》してしまう。このままじゃ最悪死産《さいあくしざん》になってしまうかも……」

「そんな……！」

獣医《じゅうい》の説明《せつめい》を聞《き》き、小梅《こうめ》はくらくらと眩暈《めまい》がした。

メイ自身《じしん》も初《はじ》めてのお産《さん》に、パニック状態《じょうたい》に陥《おちい》ってるのだろう。

藁《わら》の上《うえ》に横《よこ》たわって苦《くる》しい状況《じょうきょう》なのに、ヒヒーンと高《たか》くいななき、「こっちに来《く》るな」と人間《にんげん》を強《つよ》く拒絶《きょぜつ》している。

「こーゆー時《とき》こそ小梅《こうめ》ちゃんの出番《でばん》だよ！　メイが信用《しんよう》している人間《にんげん》は小梅《こうめ》ちゃんだけなんだから、小梅《こうめ》ちゃんがしっかり出産《しゅっさん》のサポートしなきゃ!!」

「！」

こんな困《こま》った状況《じょうきょう》の中《なか》でも、ユリアは常《つね》に前向《まえむ》きだった。

小梅《こうめ》もユリアの励《はげ》ましにハッと顔《かお》を上《あ》げ、一瞬《いっしゅん》のうちに決意《けつい》する。

「わかりました！　お父《とう》さん、みんな、メイとメイの赤《あか》ちゃんは私《わたし》に任《まか》せて下《くだ》さい！」

「小梅《こうめ》……」

「それでこそ小梅《こうめ》ちゃんだよ～！」

ユリアはパチンと指《ゆび》を鳴《な》らすと、メイをサポートする小梅《こうめ》をさらにサポートすることになった。

小梅《こうめ》はシャツの袖《そで》をまくり上《あ》げ、長《なが》い髪《かみ》を手早《てばや》く一《ひと》つにまとめると、木《き》の柵《さく》をくぐって少《すこ》しずつメイに近《ちか》づいていく。

「メイ、大丈夫《だいじょうぶ》だよ。メイも、メイの赤《あか》ちゃんもきっと助《たす》けてあげるから……」

「ブルルル……ッ！」

「そっか。痛《いた》いんだね。苦《くる》しいんだね。でもあともう少《すこ》しの我慢《がまん》だよ。きっと可愛《かわい》い赤《あか》ちゃんが生《う》まれてくるから、私《わたし》と一緒《いっしょ》に頑張《がんば》ろう！」

「ヒヒーン……ッ」

最初《さいしょ》は小梅《こうめ》さえも警戒《けいかい》していたメイだったが、小梅《こうめ》が根気強《こんきづよ》く声《こえ》をかけながら近《ちか》づくと、長《なが》いまつげを震《ふる》わせてだんだんおとなしくなった。

さらにゆっくりと首筋《くびすじ》をなで上《あ》げれば、メイは甘《あま》えるように小梅《こうめ》に顔《かお》を擦《なす》りつけてくる。

「そう、よーし、いい子《こ》、いい子《こ》……」

「ヒヒーン、ブルルル……」

「フフフ、さすが小梅《こうめ》ちゃん。メイに信頼《しんらい》されてるんだねぇ」

「小梅《こうめ》……」

心《こころ》と心《こころ》の通《つう》じ合《あ》った小梅《こうめ》とメイの姿《すがた》にユリアだけでなく園長《えんちょう》や他《ほか》のスタッフも、ほうっと感動《かんどう》のため息《いき》を漏《も》らした。

やはり小梅《こうめ》は動物《どうぶつ》を扱《あつか》うことにかけては超天才《ちょうてんさい》なのだ！

「小梅《こうめ》、このロープを赤《あか》ちゃんの後《うし》ろ脚《あし》に結《むす》び付《つ》けなさい。メイの陣痛《じんつう》は弱《よわ》い。このままだと母子《ぼし》ともに危険《きけん》だから、人間《にんげん》の力《ちから》で赤《あか》ちゃんを外《そと》に出《だ》してやらないと」

「うん、わかった、お父《とう》さん！」

こうして小梅《こうめ》のお産介助《さんかいじょ》が本格的《ほんかくてき》に始《はじ》まった。小梅《こうめ》は唯一見《ゆいいつみ》えている赤《あか》ちゃん馬《うま》の後《うし》ろ脚《あし》にロープを結《むす》び、綱引《つなひ》きの要領《ようりょう》でよいしょと引《ひ》っ張《ぱ》る。

「よーし、行《い》くよ。いち、にの、さんっ！」

「ヒヒーンッ！」

「うん、いい感《かん》じ。もう一度《いちど》！」

赤《あか》ちゃんの後《うし》ろ脚《あし》が折《お》れてしまわないよう、ユリアと小梅《こうめ》は何回《なんかい》にも分《わ》けて慎重《しんちょう》にロープを引《ひ》いていった。

そうして格闘《かくとう》すること約十五分《やくじゅうごふん》。

気《き》づけばいつの間《ま》にか二人《ふたり》とも全身泥《ぜんしんどろ》だらけ。汗《あせ》だらけ。

だけどそんなことは少《すこ》しも気《き》にならない。

今《いま》はただメイに無事赤《ぶじあか》ちゃんを産《う》ませることに集中《しゅうちゅう》するのみだ！

「さぁ、メイ、頑張《がんば》って！　あと少《すこ》しで赤《あか》ちゃん出《で》てくるよ!!」

「ヒヒヒヒーンンンンッ!!」

淡《あわ》いオレンジ色《いろ》の夕焼《ゆうや》けが馬屋《うまや》の窓《まど》から差《さ》し込《こ》む中《なか》、とうとうメイのお腹《なか》の中《なか》からずるりと赤《あか》ちゃんが生《う》まれてきた。

赤《あか》ちゃんは白《しろ》い袋《ふくろ》（羊膜《ようまく》）に包《つつ》まれていて、小梅《こうめ》はその袋《ふくろ》を破《やぶ》って呼吸《こきゅう》を促《うなが》してやる。

「やった！　赤《あか》ちゃん馬《うま》、ちゃんと息《いき》してる！」

「ヒヒヒヒーン！　ブルルル……ッ」

「お疲《つか》れ様《さま》、メイ！　これでメイも立派《りっぱ》なお母《かあ》さんだよ！」

無事《ぶじ》メイが赤《あか》ちゃんを生《う》み落《お》とした瞬間《しゅんかん》、厩舎《きゅうしゃ》の中《なか》と外《そと》で大《おお》きな歓声《かんせい》が上《あ》がった。

一体何事《いったいなにごと》かと小梅《こうめ》が振《ふ》り返《かえ》ると、いつのまにか馬屋《うまや》の周《まわ》りにはオメガ高《こう》の生徒《せいと》やお客《きゃく》さん達《たち》が溢《あふ》れていて、メイの出産《しゅっさん》を祝福《しゅくふく》していたのだ。

「お疲《つか》れ様《さま》、津田《つだ》さん、ユリアちゃん！」

「ううっ、メイの命《いのち》がけの出産《しゅっさん》、感動《かんどう》しました〜！」

「もちろん出産《しゅっさん》の一部始終《いちぶしじゅう》はネットで生中継《なまちゅうけい》しといたからね！　全国《ぜんこく》からおめでとうのコメントがたくさん届《とど》いてるわよ〜！」

「フンッ、どうせなら仔馬《こうま》の名前《なまえ》をネットで募集《ぼしゅう》したらどうだ？」

「それいいね。賛成《さんせい》、賛成《さんせい》〜♪」

仔馬《こうま》の誕生《たんじょう》を喜《よろこ》ぶシュリやお客《きゃく》さん達《たち》の表情《ひょうじょう》は、どれも笑顔《えがお》、笑顔《えがお》、笑顔《えがお》。

小梅《こうめ》はしばらく何《なに》が起《お》こっているのか理解《りかい》できなくて呆然《ぼうぜん》と立《た》ち尽《つ》くしていたが、みんなの温《あたた》かい心《こころ》が徐々《じょじょ》に沁《し》み渡《わた》るにつれ、勝手《かって》に涙腺《るいせん》が崩壊《ほうかい》し始《はじ》める。

「もう、なんなのよ。これ。なんで私《わたし》……」

気《き》づけば小梅《こうめ》はぽろぽろ、ぽろぽろと大粒《おおつぶ》の涙《なみだ》を零《こぼ》していた。

その涙《なみだ》をペロリと舐《な》めたのは、母親《ははおや》になったばかりのメイだ。

「ヒヒーン……」

「メイ……」

「アハハ、きっと小梅《こうめ》ちゃんにありがとうって言《い》ってるんだよ！」

「……」

感極《かんきわ》まった小梅《こうめ》はそのままメイの首筋《くびすじ》にしがみつき、目《め》を逸《そ》らし続《つづ》けてきた現実《げんじつ》とようやく向《む》き直《なお》った。

小梅《こうめ》はマリーを亡《な》くしてからずっと、動物《どうぶつ》は嫌《きら》いだと自分《じぶん》を誤魔化《ごまか》し続《つづ》けてきた。

だけどメイの温《あたた》かな体温《たいおん》に触《ふ》れていたら、その頑《かたく》なな心《こころ》もあっという間《ま》に解《と》けてしまう。

動物《どうぶつ》の命《いのち》は短《みじか》い。いつだって人間《にんげん》を残《のこ》して先《さき》に死《し》んでしまう。

だけど動物《どうぶつ》たちはこうして子《こ》を産《う》むことで命《いのち》をつなぎ、悲《かな》しみ以上《いじょう》の喜《よろこ》びを人間《にんげん》に与《あた》えてくれるのだ。

そしてひたむきに人間《にんげん》を愛《あい》し、ただひたすらまっすぐに人間《にんげん》を慕《した》ってくれる動物《どうぶつ》たち。

その存在《そんざい》がどれほど人間《にんげん》を幸《しあわ》せにしてくれるか、どれほど心《こころ》を癒《いや》してくれるか、今《いま》なら誰《だれ》に説明《せつめい》されなくてもわかる。

小梅《こうめ》はあふれる涙《なみだ》を拭《ぬぐ》うこともせず、メイをぎゅっと抱《だ》きしめ返《かえ》した。

「メイ、ごめんね。本当《ほんとう》は私《わたし》、メイが大好《だいす》きだよ。ううん、メイだけじゃなくて、この動《どう》物園《ぶつえん》で飼《か》われてる動物《どうぶつ》はみんな、みんな、みんな――」

「小梅《こうめ》ちゃん……」

「ごめんなさい、生徒会長《せいとかいちょう》さん。私《わたし》、やっぱりオメガ高校《こうこう》には進学《しんがく》できません。もっと動《どう》物《ぶつ》のことを勉強《べんきょう》したいから、ミュ高校《こうこう》に進路《しんろ》を変更《へんこう》します」

「うん、そっか。ちょっと残念《ざんねん》だけど、それが一番《いちばん》小梅《こうめ》ちゃんらしい選択《せんたく》だと思《おも》うよ！」

ユリアはビシッと親指《おやゆび》を立《た》てると、「受験頑張《じゅけんがんば》ってね！」と小梅《こうめ》にエールを送《おく》った。

小梅《こうめ》の決意《けつい》を聞《き》いた園長《えんちょう》もまた、娘《むすめ》の成長《せいちょう》を喜《よろこ》んでうんうんと涙《なみだ》ぐむ。

結果的《けっかてき》には小梅《こうめ》という天才《てんさい》を逃《のが》すことになったけど、これがベストの判断《はんだん》だとユリアは確信《かくしん》している。

「生徒会長《せいとかいちょう》、本日《ほんじつ》の入場者数《にゅうじょうしゃすう》、目標《もくひょう》を大《おお》きく超《こ》えて五千人《ごせんにん》を突破《とっぱ》しました！」

「な、なんですと〜⁉」

さらに幸運《こううん》は続《つづ》くもので、メイの出産《しゅっさん》が終《お》わったと同時《どうじ》に朗報《ろうほう》が飛《と》び込《こ》んできた。

ユリアの周《まわ》りでまたわっと大《おお》きな歓声《かんせい》が沸《わ》き起《お》こり、一番星《いちばんぼし》が輝《かがや》き始《はじ》めた夜空《よぞら》にはパンパンと大輪《たいりん》の花火《はなび》が上《あ》がる。

「つまりたった一日《いちにち》で入場者数三倍《にゅうじょうしゃすうさんばい》の目標《もくひょう》をクリアできたってことだよね？　やった〜‼」

「さすがだよ、ユリアちゃん！」

「じゃあ津田動物園《つだどうぶつえん》は存続決定《そんぞくけってい》ですね！」

「当然《とうぜん》よ。私達《わたしたち》がここまで手《て》を貸《か》したんだもの。オメガ町《ちょう》を代表《だいひょう》する動物園《どうぶつえん》になってもらわなきゃ困《こま》るわ！」

「だよね！　ユリア感激《かんげき》〜〜〜‼」

こうしてオメガ高《こう》を巻《ま》き込《こ》んだユリアの動物王国救済計画《どうぶつおうこくきゅうさいけいかく》は大成功《だいせいこう》！

のちに津田動物園《つだどうぶつえん》はオメガ町《ちょう》だけでなく、日本《にっぽん》を代表《だいひょう》する動物園《どうぶつえん》として大成長《だいせいちょう》するのだった。

第三話《だいさんわ》

運命《うんめい》のタイムスリップ！

満天《まんてん》の空《そら》で輝《かがや》く星々《ほしぼし》は、悠久《ゆうきゅう》の時《とき》を経《へ》て膨大《ぼうだい》なエネルギーを秘《ひ》めている。

そう、それは時《とき》として信《しん》じられない奇跡《きせき》を起《お》こすほどに――


「うきゃあぁぁぁ〰〰〰！」

「ユリアちゃん！」

バサバサッと大《おお》きな葉《は》ずれの音《おと》と共《とも》に、ユリアは山《やま》の急斜面《きゅうしゃめん》から転《ころ》がり落《お》ちた。

助《たす》けようと勢《いきお》いよくジャンプしたのはユリアの彼氏《かれし》であるシュリ。

まるで小石《こいし》のようにゴロゴロと山肌《やまはだ》を滑《すべ》り落《お》ちていくふたつの影《かげ》。

頭上《ずじょう》からは火《ひ》の玉《たま》みたいな流星《りゅうせい》がものすごい速《はや》さで落《お》ちてきて、パチン、パチンとユリアの周《まわ》りで光《ひかり》が弾《はじ》けた。

「うわっ、一体《いったい》なんなんだ、このキラキラ輝《かがや》いてるの!?」

「た、多分隕石雨《たぶんいんせきう》！　なんらかの原因《げんいん》でたくさんの隕石《いんせき》のかけらがユリア達《たち》めがけて降《ふ》ってきているみたい！」

「くっ！」

シュリは歯《は》を食《く》いしばりながら、抱《だ》きかかえるようにしてユリアを庇《かば》った。ユリアも山《やま》の斜面《しゃめん》を転《ころ》げ落《お》ちる間《あいだ》、どうしてこんなことになってるのかを必死《ひっし》に思《おも》い出《だ》す。

（えーと、えーと、確《たし》か今日《きょう》は久《ひさ》しぶりにお母《かあ》さんが日本《にっぽん》に帰《かえ》ってきて！　それでシュリくんと一緒《いっしょ》に散歩《さんぽ》に出《で》かけて……それから……それから……っ！）

だけどまともな思考《しこう》が働《はたら》いたのはそこまで。

目《め》の前《まえ》が爆発《ばくはつ》したみたいにパッと明《あか》るくなった瞬間《しゅんかん》、ユリアの思考《しこう》は糸《いと》が切《き》れた操《あやつ》り人形《にんぎょう》のように止《と》まる。

ユリアが最後《さいご》に見《み》たのは、雲《くも》の間《あいだ》から細長《ほそなが》い尾《お》を垂《た》らす金色《きんいろ》の彗星《すいせい》の姿《すがた》だった。

＊　＊　＊

時《とき》をさかのぼること二時間前《にじかんまえ》——

その日《ひ》の正午《しょうご》、ユリアはオメガ高校《こうこう》の仲間《なかま》を引《ひ》き連《つ》れて、テトラ村《むら》にやってきていた。

テトラ村《むら》は自然《しぜん》に囲《かこ》まれた場所《ばしょ》で、テトラ山《やま》の山頂《さんちょう》にはドーム型《がた》をした大《おお》きな天文台《てんもんだい》もある。今回《こんかい》はその天文台《てんもんだい》で天体観測《てんたいかんそく》を行《おこな》うことになったのだ。

天体観測《てんたいかんそく》の責任者《せきにんしゃ》は、天文学者《てんもんがくしゃ》であるユリアの母《はは》・相川明日花《あいかわあすか》。

ユリアは天文台《てんもんだい》の入《い》り口《ぐち》までやってくると、久《ひさ》しぶりに会《あ》う母親《ははおや》にぎゅっと抱《だ》きついた。

「きゃあぁぁっ、お母《かあ》さんひっさしぶり〰〰♪」

「フフッ、ユリア、ただいま！」

「あ、お母《かあ》さん、前《まえ》にも一度《いちど》会《あ》ったと思《おも》うけど、改《あらた》めて紹介《しょうかい》するね。今回《こんかい》ユリアと一緒《いっしょ》に天体観測《てんたいかんそく》にやってきたオメガ高《こう》の愉快《ゆかい》な仲間達《なかまたち》でぇ〜す♪」

「フフフ、いらっしゃい？　またみなさんと会《あ》えて嬉《うれ》しいわ」

「お、お邪魔《じゃま》します！」

「愉快《ゆかい》な仲間達《なかまたち》ってなんだ⁉　そんなものになった覚《おぼ》えはないぞ⁉」

ユリアのへんてこな紹介《しょうかい》に腹《はら》を立《た》て、副会長《ふくかいちょう》がぶつぶつとつぶやく。

「みんな、今日《きょう》はよろしくね。夜《よる》までまだたっぷり時間《じかん》はあるから、とりあえず中《なか》を案内《あんない》しましょうか？」

「はいっ、恐《おそ》れ入《い》ります」

「どうぞお気《き》を遣《つか》わずに」

天文台《てんもんだい》の中《なか》を案内《あんない》されている間《あいだ》、生徒会《せいとかい》の面々《めんめん》は明日花《あすか》の前《まえ》でひたすら恐縮《きょうしゅく》していた。

なんといっても明日花《あすか》はあのNASA《ナサ》に認《みと》められた世界的天文学者《せかいてきてんもんがくしゃ》で、相川加賀里博士《あいかわかがりはかせ》の妻《つま》。そんなすごい人《ひと》の仕事《しごと》を見学《けんがく》できるチャンスなんて、滅多《めった》にないからだ。

「そんなに緊張《きんちょう》しなくてもいいのよ？　それとユリアのボーイフレンドのシュリくんは……一体《いったい》どなただったかしら？」

「もう、お母《かあ》さんってば。いいかげんシュリくんの顔覚《かおおぼ》えてよーぅ」

ユリアがポカポカと軽《かる》く叩《たた》くと、明日花《あすか》は「ごめんなさいね」と言《い》いながらも首《くび》を斜《なな》めに傾《かし》げていた。やっぱり四人《よにん》いる男子《だんし》の中《なか》で、誰《だれ》がシュリなのかわからないらしい。

「アハハ、ユリアちゃんのお母《かあ》さん、まだオレ達《たち》の顔《かお》と名前《なまえ》が一致《いっち》しないみたいだね」

「娘《むすめ》と違《ちが》って、どこかポヤポヤしてるわよね～」

相川親子《あいかわおやこ》がじゃれる様子《ようす》を見《み》て、シュリやヒカルは苦笑《くしょう》する。

二人《ふたり》が並《なら》んでいると、明日花《あすか》はユリアの母親《ははおや》というより、まるで姉《あね》のように見《み》える。

それほど明日花《あすか》は見《み》た目《め》が若々《わかわか》しく、一児《いちじ》の母《はは》とは思《おも》えないほど可愛《かわい》らしいのだ。

「それにしてもテトラ村《むら》って本当《ほんとう》にいい所《ところ》ですね！　都会《とかい》からは離《はな》れてるけど、村全体《むらぜんたい》がのんびりしているというか……」

夜《よる》が来《く》るのを待《ま》つ間《あいだ》、ユリア達《たち》は天文台《てんもんだい》の休憩所《きゅうけいじょ》で雑談《ざつだん》することになった。

エリが村《むら》ののどかさを褒《ほ》めると、明日花《あすか》はパッと嬉《うれ》しそうな顔《かお》になる。

「まぁ、ありがとう。このテトラ村《むら》も昔《むかし》は本当《ほんとう》に田舎《いなか》だったの。でも私《わたし》と加賀里《かがり》さんが彗《すい》星《せい》を発見《はっけん》して以来《いらい》、星《ほし》の里《さと》として有名《ゆうめい》になって……」

「……！　その彗星《すいせい》って今日観測《きょうかんそく》するカガリ・アスカ彗星《すいせい》ですよね！」

彗星《すいせい》、という単語《たんご》に反応《はんのう》した副会長《ふくかいちょう》は、大《おお》きく身《み》を乗《の》り出《だ》した。

そう、今回《こんかい》の天体観測《てんたいかんそく》の目的《もくてき》は、二十二年《にじゅうにねん》周期《しゅうき》で地球《ちきゅう》にやってくるカガリ・アスカ彗星《すいせい》の観測《かんそく》。明日花《あすか》はＮＡＳＡ《ナサ》からの依頼《いらい》を受《う》け、そのためにわざわざ日本《にっぽん》に帰国《きこく》したのだ。

「そうだよ。お父《とう》さんとお母《かあ》さんが高校生《こうこうせい》の時《とき》、このテトラ村《むら》で発見《はっけん》したのがカガリ・アスカ彗星《すいせい》。ちなみに彗星《すいせい》は発見者《はっけんしゃ》の名前《なまえ》がつくんだよね☆」

「はぁ〜、さすがユリアさんのお父様《とうさま》とお母様《かあさま》です」

「高校生《こうこうせい》が彗星《すいせい》を発見《はっけん》するなんて、歴史的快挙《れきしてきかいきょ》よね」

ヒカルやエリも、ユリアの両親《りょうしん》のトンデモエピソードに心《こころ》から感心《かんしん》する。

やはりユリアの両親《りょうしん》だけあって、二人《ふたり》とも若《わか》い頃《ころ》から天才《てんさい》だったらしい。

「あれ？　ということはお二人《ふたり》ともテトラ村《むら》の出身《しゅっしん》なんですか？」

「私《わたし》も加賀里《かがり》さんも生《う》まれは別《べつ》だけど、テトラ高校《こうこう》に通《かよ》っていたの」

「なにぃ？　こんなド田舎《いなか》に加賀里《かがり》教授《きょうじゅ》が⁉」

意外《いがい》な事実《じじつ》を聞《き》いて、副会長《ふくかいちょう》だけでなくシュリやヒカル達《たち》も驚《おどろ》いた。

加賀里《かがり》や明日花《あすか》ほどの研究者《けんきゅうしゃ》なら、オメガ高《こう》と同《どう》レベルの進学校《しんがくこう》に通《かよ》っていたはずだと勝手《かって》に思《おも》い込《こ》んでいたのだ。

「フフ、加賀里《かがり》さんは勉強《べんきょう》さえできれば場所《ばしょ》はどこでもいいっていう人《ひと》だから……。もちろん当時《とうじ》から天才扱《てんさいあつか》いされてたから、学校《がっこう》じゃすごく目立《めだ》ってたわよ」

「高校生《こうこうせい》の頃《ころ》のお父《とう》さんとお母《かあ》さんの話《はなし》？　うわぁっ、ユリアもっと聞《き》きたーい‼」

両親《りょうしん》の昔話《むかしばなし》に好奇心《こうきしん》をくすぐられたのか、早《はや》くもユリアのテンションはＭＡＸ《マックス》だ。

明日花《あすか》も娘《むすめ》のリクエストに応《こた》えて、当時《とうじ》のことを語《かた》りだす。

「二十二年前《にじゅうにねんまえ》、このテトラ村《むら》はもっと田舎《いなか》で不便《ふべん》な村《むら》だったの。でも私《わたし》はとても気《き》に入《い》っていたわ。空気《くうき》が澄《す》んでいるから星《ほし》がきれいに見《み》えるんだもの」

「ふむふむ」

「加賀里《かがり》さんはいつも図書館《としょかん》でたくさんの調《しら》べものをしている変《か》わり者《もの》だったかな。でも明《あか》るい性格《せいかく》だったからみんなの人気者《にんきもの》で……。ただのクラスメイトだった私《わたし》は遠巻《とおま》きに見《み》てるだけだったわ」

「へぇ～。どーゆーきっかけでお父《とう》さんと付《つ》き合《あ》い始《はじ》めたの？」

「うふふ、それはね……」

瞳《ひとみ》をキラキラ輝《かがや》かせる娘《むすめ》に対《たい》して、明日花《あすか》はいたずらっぽくウィンクする。

「あの当時《とうじ》、私《わたし》は天文部《てんもんぶ》のみんなと一緒《いっしょ》に電子望遠鏡《でんしぼうえんきょう》を作《つく》ろうと思《おも》って、テトラ川《がわ》の河川敷《かせんしき》に自作《じさく》アンテナを設置《せっち》していたの。そうしたらある日《ひ》、実験道具《じっけんどうぐ》を自転車《じてんしゃ》のカゴいっぱいに積《つ》んだ加賀里《かがり》さんが、バランスを崩《くず》して土手《どて》から落《お》っこちてきて……」

「ありゃりゃ。お父《とう》さん、頭《あたま》いいくせにドジだなぁ」

その様子《ようす》を想像《そうぞう》して、ユリア達《たち》はクスクスと笑《わら》う。

「結局加賀里《けっきょくかがり》さんが自転車《じてんしゃ》ごと落《お》ちてきたせいで、天文部《てんもんぶ》の自作《じさく》アンテナはメチャクチャに壊《こわ》れちゃった。あの時《とき》は天文部《てんもんぶ》のみんな、カンカンに怒《おこ》ってたなぁ。でも加賀里《かがり》さんがアンテナは自分《じぶん》が責任《せきにん》をもって修理《しゅうり》するから任《まか》せろ！　って宣言《せんげん》して……」

「おう、なるほどなるほど……」

「で、加賀里《かがり》さんたった一日《いちにち》で本当《ほんとう》にアンテナを修理《しゅうり》してしまって、その日《ひ》の夜《よる》の天体観測《てんたいかんそく》にも付《つ》き合《あ》ってくれたの。あれは忘《わす》れもしない二十二年前《にじゅうにねんまえ》の今日《きょう》――十一月二十日《じゅういちがつはつか》。私《わたし》と加賀里《かがり》さんで望遠鏡《ぼうえんきょう》のデータを解析《かいせき》してたら、南《みなみ》の空《そら》に今《いま》まで見《み》たことのない星《ほし》があるのがわかったのよ」

「あ！　それがカガリ・アスカ彗星《すいせい》だね！」

「そうよ」

ユリアの指摘《してき》に、明日花《あすか》はまたまたにっこりと微笑《ほほえ》んでみせた。

きっと明日花《あすか》にとって、今《いま》でも忘《わす》れられない大事《だいじ》な思《おも》い出《で》なのだろう。

「つまり彗星《すいせい》の発見《はっけん》がきっかけで二人《ふたり》の距離《きょり》がぐんっと縮《ちぢ》まったってことですね！」

「ええ、その直後《ちょくご》に加賀里《かがり》さんから実《じつ》はずっと前《まえ》から私《わたし》のことが気《き》になってたって告白《こくはく》されて……。私《わたし》もアンテナを修理《しゅうり》する加賀里《かがり》さんを見《み》ていて頼《たの》もしい人《ひと》だなって思《おも》ってたから、まずはお友達《ともだち》から始《はじ》めましょうって条件《じょうけん》でＯＫ《オーケー》したのよ」

「ワオ！」

両親《りょうしん》のなれそめを聞《き》いて、ユリアの胸《むね》はドキドキした。

父《ちち》の勇気《ゆうき》ある告白《こくはく》があったからこそ、ユリアも今《いま》ここに存在《そんざい》しているのだ！

「えへへ、お父《とう》さんとお母《かあ》さんの若《わか》い頃《ころ》の話《はなし》、初《はじ》めて聞《き》いた。お父《とう》さんがお母《かあ》さんにべた惚《ぼ》れだっていうのは知《し》ってたけどさ」

「あら、そうかしら？」

そうだよーとユリアが答《こた》えたその時《とき》、タイミングよく明日花《あすか》のスマホが鳴《な》る。

テレビ電話《でんわ》アプリを立《た》ち上《あ》げれば、画面《がめん》には大学《だいがく》の研究所《けんきゅうじょ》にいる加賀里《かがり》が映《うつ》った。

『あああああっ、明日花《あすか》！　会《あ》いたかったよぉぉぉ〰〰！』

「あら、私《わたし》もよ、加賀里《かがり》さん。でもどうやらお仕事《しごと》お忙《いそが》しいみたいね？」

『いや、明日花《あすか》のためならこんな仕事《しごと》、一時間《いちじかん》で片付《かたづ》ける！　んで今《いま》からテトラ村《むら》に行《い》くから待《ま》ってて〰〰!!』

無精《ぶしょう》ひげを生《は》やしやつれ気味《ぎみ》の加賀里《かがり》は、電話《でんわ》の向《む》こうから熱烈《ねつれつ》なラブコールを送《おく》った。

ちなみに研究所《けんきゅうじょ》の机《つくえ》の上《うえ》には、これから片付《かたづ》けなければならないだろう書類《しょるい》が山《やま》のように積《つ》まれている。

「うっ、これが本当《ほんとう》に加賀里《かがり》教授《きょうじゅ》なのか？」

「アハハ、テレビ電話《でんわ》の画面《がめん》から、ハートマークが飛《と》び出《だ》してきそうですね」

「まさかあの加賀里《かがり》教授《きょうじゅ》が妻《つま》に会《あ》えないというだけで、ここまで取《と》り乱《みだ》すとは……」

「つまり相川《あいかわ》さんの恋愛脳《れんあいのう》は父親譲《ちちおやゆず》りだったってことね」

加賀里《かがり》を尊敬《そんけい》する副会長《ふくかいちょう》やヒカルなどは、普段《ふだん》からは考《かん》えられない加賀里《かがり》のデレデレっぷりに苦笑《くしょう》した。

だけど遠《とお》く離《はな》れていてもお互《たが》いを大切《たいせつ》に思《おも》う両親《りょうしん》の姿《すがた》を見《み》て、ユリアの胸《むね》はジワリと温《あたた》かくなるのだった。


それから三十分後《さんじっぷんご》。ユリアとシュリは暇《ひま》つぶしにテトラ村《むら》を散歩《さんぽ》することにした。

曲《ま》がりくねった坂道《さかみち》を下《くだ》っていくと、やがて村《むら》が一望《いちぼう》できる小高《こだか》い丘《おか》に出《で》る。

「本当《ほんとう》にキレイな場所《ばしょ》だね。空気《くうき》が澄《す》んでるから、地平線《ちへいせん》の向《む》こうまで見渡《みわた》せそうだ」

「うん、あとテトラ山《やま》は常《つね》に強《つよ》い風《かぜ》が吹《ふ》いてるから、昔《むかし》からパラグライダーとか気球《ききゅう》とか、スカイスポーツが盛《さか》んなんだよ」

ホラッとユリアが指《ゆび》さした方向《ほうこう》を見《み》ると、丘《おか》の上《うえ》に建《た》つコテージの周《まわ》りに、パグライダーの器具《きぐ》をつけた人達《ひとたち》が大勢《おおぜい》集《あつ》まっていた。

もちろんカガリ・アスカ彗星目当《すいせいめあ》ての天文《てんもん》ファンも数多《かずおお》くいる。

「お、みんな望遠鏡《ぼうえんきょう》を並《なら》べて準備《じゅんび》してるね〜」

「確《たし》かカガリ・アスカ彗星《すいせい》が地球《ちきゅう》に最接近《さいせっきん》するのは今日《きょう》の夜八時《よるはちじ》だったっけ」

シュリは長袖《ながそで》をまくって腕時計《うでどけい》を確認《かくにん》する。

現在《げんざい》の時刻一時三十四分《じこくいちじさんじゅうよんぷん》。日《ひ》が暮《く》れるまでは、まだまだ時間《じかん》はありそうだ。

「あの川《かわ》べりに見《み》える白《しろ》い建物《たてもの》がお父《とう》さんとお母《かあ》さんが通《かよ》ってたテトラ高校《こうこう》。テトラ高校《こうこう》はだいぶ前《まえ》に廃校《はいこう》になって、今《いま》は老人《ろうじん》ホームとして再利用《さいりよう》されてるみたい」

「ちょっと寄《よ》っていこうか。ユリアちゃんのご両親《りょうしん》の思《おも》い出《で》の地《ち》だもんね」

「うん！」

こうしてユリアとシュリは手《て》をつないで、山道《やまみち》を下《くだ》っていった。近道《ちかみち》しようとハイキングコースに入《はい》った……ところまではよかったが、その途中《とちゅう》で晴《は》れていた空《そら》があっという間《ま》に曇《くも》り始《はじ》める。

「あれ？　なんかゴロゴロっていう音《おと》が聞《き》こえる。雷《かみなり》かな……」

「ユリアちゃん、ちょっと急《いそ》ごう」

ユリアはシュリに手《て》を引《ひ》かれながら、山道《やまみち》を駆《か》け下《お》りる。だけど進《すす》めば進《すす》むほどあっという間《ま》に空《そら》は夜《よる》のように暗《くら》くなり——それは突然《とつぜん》降《ふ》ってきた。

——ヒュン……ヒュン……

「——あれ？」

「なんか今《いま》、光《ひか》っ……た……？」

ユリアとシュリがそれに気《き》づいたのは、問題《もんだい》の物体《ぶったい》がまるで火《ひ》の玉《たま》のように光《ひか》っていたからだ。一体何事《いったいなにごと》かと空《そら》を見上《みあ》げれば、それはユリア達《たち》めがけて次々《つぎつぎ》と流星《りゅうせい》のように降《ふ》ってくる。

「うわわっ、なんだこれ⁉」

「シュリくん！」

ユリアは思《おも》わずシュリに飛《と》びついた。真《ま》っ暗《くら》な空《そら》からは何《なに》かが炸裂《さくれつ》するような爆発音《ばくはつおん》が聞《き》こえ、森《もり》の木々《きぎ》もざわざわと震《ふる》える。

「これってもしかして……隕石雨《いんせきう》？」

ユリアは頭上《ずじょう》から降《ふ》ってくる落下物《らっかぶつ》に心当《こころあ》たりがあった。

これはきっと星《ほし》のかけら。

大気圏《たいきけん》に突入《とつにゅう》した隕石《いんせき》が燃《も》え尽《つ》きず、地面《じめん》まで落《お》ちてきたものだ。

もちろんものすごいスピードで地球《ちきゅう》に落下《らっか》してくるのだから、たとえそれがどれほど小《ちい》さなかけらでも、直撃《ちょくげき》すれば人間《にんげん》は死《し》んでしまう。

「シュリくん、これまずい。どこか物陰《ものかげ》に隠《かく》れ……うきゃあぁぁぁ～～～～！」

「ユリアちゃん！」

ユリアは焦《あせ》ったせいで、うっかり山道《やまみち》から足《あし》を踏《ふ》み外《はず》してしまった。

ずるっと泥《どろ》に足《あし》を取《と》られて、あっけなくバランスを崩《くず》すユリア。

ユリアを助《たす》けようと、ジャンプするシュリ！

だけど踏《ふ》ん張《ば》ろうとした努力《どりょく》もむなしく、二人《ふたり》はゴロゴロと急斜面《きゅうしゃめん》を転《ころ》げ落《お》ちていく。

その間《あいだ》も隕石雨《いんせきう》は容赦《ようしゃ》なく降《ふ》り注《そそ》ぎ、星《ほし》に秘《ひ》められていたエネルギーが二人《ふたり》の周《まわ》りでスパークした！

この時《とき》、科学《かがく》では説明《せつめい》できない大《おお》きな力《ちから》がうねるように動《うご》き――ユリアとシュリはとんでもない不思議《ふしぎ》に巻《ま》き込《こ》まれることになったのだった。

＊　＊　＊

「うきゃきゃきゃきゃ〰〰〰〰！」

「うわぁぁぁぁ〰〰〰〰！」

——ゴロゴロゴロゴロ――――ッ！　ガシャ――ンッ!!


「きゃあぁぁ！」

「うわっ！　なんだ、こいつら!?」

もうだめだ！　と思《おも》いながら、急斜面《きゅうしゃめん》を転《ころ》がり落《お》ちたユリアとシュリ。

斜面《しゃめん》の下《した》まで落《お》ちきったところで、激《はげ》しい衝突音《しょうとつおん》と誰《だれ》かの叫《さけ》び声《ごえ》が聞《き》こえた。

だけどあんな高《たか》い所《ところ》から落《お》ちたはずなのに、思《おも》ったより体《からだ》は痛《いた》くない。

ユリア達《たち》は目《め》を回《まわ》しながらも、なんとか力《ちから》を振《ふ》り絞《しぼ》って起《お》き上《あ》がった。

「ユリアちゃん、大丈夫《だいじょうぶ》？」

「うん、あいたたた。どうやら大《おお》きなけがはないみたい。えーとここは……」

とにかく状況《じょうきょう》を確認《かくにん》しようと辺《あた》りを見回《みまわ》すと――不思議《ふしぎ》なことに、そこは先《さき》ほどまでいた山《やま》の中《なか》ではなかった。山《やま》とは正反対《せいはんたい》の河川敷《かせんしき》。空《そら》もさっきまであんなに真《ま》っ暗《くら》だったとは思《おも》えないほど、すっきり晴《は》れ渡《わた》っている。

「あれ？　あれれ？」

「あなた達《たち》、大丈夫《だいじょうぶ》？」

これは一体《いったい》どーゆーことだろうとユリアが混乱《こんらん》していると、突然頭上《とつぜんずじょう》から話《はな》しかけられた。いつの間《ま》にかユリア達《たち》は制服姿《せいふくすがた》の学生達《がくせいたち》に囲《かこ》まれている。

ユリアに話《はな》しかけてきたのは、肩《かた》で髪《かみ》を切《き》りそろえた可愛《かわい》い女子高生《じょしこうせい》――

「あ、お母《かあ》さんっ⁉」

「えっ⁉」

そう、ユリアを心配《しんぱい》そうに見《み》つめているのはユリアの母《はは》・明日花《あすか》だった。

ホッとしたユリアは、反射的《はんしゃてき》に明日花《あすか》に抱《だ》きつく。

「ウワーン、お母《かあ》さん、ユリア怖《こわ》かった！　突然隕石《とつぜんいんせき》が槍《やり》みたいに降《ふ》ってきてね……！」

「えっ、お母《かあ》さんっ⁉　……って私《わたし》が⁉」

だけど明日花《あすか》はなぜか手足《てあし》をばたつかせて、ユリアの腕《うで》の中《なか》から逃《に》げようとした。

さらにユリアは後《うし》ろから首根《くびね》っこを掴《つか》まれ、無理《むり》やり明日花《あすか》から引《ひ》き離《はな》される。

「おい、君達《きみたち》、いきなり土手《どて》の上《うえ》から落《お》ちてきたかと思《おも》ったら、何《なに》を寝《ね》ぼけてる！　新田《にった》くんが君《きみ》のお母《かあ》さんなわけないだろう⁉」

「うひゃっ⁉」

「しかもせっかく組《く》み立《た》てていたアンテナをむちゃくちゃにして！　これじゃ今夜《こんや》の天体《てんたい》

観測《かんそく》ができない！」

そうユリアを怒鳴《どな》りつけたのは、髪《かみ》を七三《しちさん》に分《わ》けた真面目《まじめ》そうな男子学生《だんしがくせい》だった。

改《あらた》めて自分《じぶん》の位置《いち》を確認《かくにん》すると、確《たし》かにユリア達《たち》の周《まわ》りには針金《はりがね》、ピアノ線《せん》、真鍮棒《しんちゅうぼう》、石油《せきゆ》パイプ銅管《どうかん》……などの材料《ざいりょう》がバラバラに散《ち》らばっている。

どうやら先《さき》ほどの激《はげ》しい衝突音《しょうとつおん》は、ユリア達《たち》がこれらの器具《きぐ》を壊《こわ》した音《おと》だったようだ。

「あれ？　なんでオレ達《たち》こんな所《ところ》に……」

「だよね。それに新田《にった》って、お母《かあ》さんの旧姓《きゅうせい》なんだけど……？」

「！」

突然《とつぜん》のことに頭《あたま》の中《なか》がごちゃごちゃしていたユリアとシュリだったが、体《からだ》の痛《いた》みが引《ひ》くのと同時《どうじ》に思考《しこう》の方《ほう》も冴《さ》えだした。

どうやら今自分達《いまじぶんたち》は尋常《じんじょう》でない事態《じたい》に巻《ま》き込《こ》まれてる……。

そう直感《ちょっかん》した二人《ふたり》は、もう一度目《いちどめ》の前《まえ》の明日花《あすか》の姿《すがた》をまじまじと見《み》つめた。

「あの、私《わたし》の顔《かお》に何《なに》か……？」

そう微笑《ほほえ》む明日花《あすか》はユリアが見慣《みな》れた白衣姿《はくいすがた》ではなく、セーラー服姿《ふくすがた》だ。

しかもユリアの知《し》っている明日花《あすか》より童顔《どうがん》で、かなり幼《おさな》く見《み》える。

元々若《もともとわか》く見《み》える明日花《あすか》だが、さすがにユリアと同《おな》い年《どし》くらいに見《み》えるのはおかしい。

「ユリアちゃん、あそこ見《み》てみて！」

さらにシュリが上《うわ》ずった声《こえ》でテトラ山《やま》の山頂《さんちょう》を指《ゆび》さした。

そこにはドーム型《がた》の天文台《てんもんだい》が建《た》っているはずなのだが、なぜか天文台《てんもんだい》の影《かげ》も形《かたち》もない。

ユリア達《たち》の目《め》の前《まえ》に広《ひろ》がるのは、どこまでものどかな田園風景《でんえんふうけい》だけだ。

「あれ？　これってもしかして……タイムスリップ？」

「え……？」

その瞬間《しゅんかん》、まるで稲妻《いなずま》のように、ある可能性《かのうせい》がユリアの脳内《のうない》でピーンと閃《ひらめ》いた。

それは天才《てんさい》のユリアだからこそ、数少《かずすく》ない情報《じょうほう》から導《みちび》ける答《こた》え。

タイムスリップとはなんらかの大《おお》きな力《ちから》が働《はたら》き、時空《じくう》を飛《と》び越《こ》えてしまう現象《げんしょう》のこと。

アインシュタインが相対性理論《そうたいせいりろん》を発表《はっぴょう》してから科学界《かがくかい》でもタイムトラベルは可能《かのう》か、そうでないか、時々論争《ときどきろんそう》になっているけれど……。

ユリアと同《おな》い年《どし》にしか見《み》えない明日花《あすか》や、テトラ山《やま》の山頂《さんちょう》に建《た》っていた天文台《てんもんだい》が跡形《あとかた》もなく消《き》えてること。さらにいきなり山中《さんちゅう》から河川敷《かせんしき》に移動《いどう》していること——

これらの事実《じじつ》をまとめると、ユリア達《たち》はあの隕石《いんせき》が放出《ほうしゅつ》した未知《みち》の力《ちから》のせいで、過去《かこ》に飛《と》ばされてしまった可能性《かのうせい》が高《たか》い。

「おい、君達《きみたち》。さっきから何《なに》をヒソヒソ話《はな》してるんだ!? 僕達《ぼくたち》は君達《きみたち》に多大《ただい》なる迷惑《めいわく》をかけられているんだが!」

「うひゃ!」

「まぁまあ、田中部長《たなかぶちょう》。この子達《こたち》も悪気《わるぎ》があって土手《どて》の上《うえ》から落《お》ちてきたわけじゃないでしょうから……」

「だが新田《にった》くん……」

そんなユリアの思考《しこう》を中断《ちゅうだん》させたのは、田中《たなか》と呼《よ》ばれた男子学生《だんしがくせい》の怒鳴《どな》り声《ごえ》だった。

辺《あた》りをもう一度《いちど》見渡《みわた》せば、他《ほか》の生徒《せいと》も迷惑《めいわく》そうにユリアとシュリをにらみつけている。

「えーと、そういえばここでアンテナを組《く》み立《た》ててたとかなんとか言《い》ってたっけ……」

「そうだ。電子《でんし》アンテナの設計《せっけい》には三《さん》か月《げつ》かかり、ようやくもう少《すこ》しで完成《かんせい》というところだったんだ。なのに君達《きみたち》がアンテナを壊《こわ》したせいで、最初《さいしょ》からやり直《なお》しだ!」

「えーと、ごめんね?」

ユリアはちょこんと首《くび》を傾《かし》げると、地面《じめん》に落《お》ちていたバラバラのパーツを拾《ひろ》いだす。

「じゃあお詫《わ》びの代《か》わりに、壊《こわ》したアンテナを直《なお》してあげるね☆」

「オイオイふざけないでくれ。僕達《ぼくたち》がその電子《でんし》アンテナを組《く》み立《た》てるのにどれだけ時間《じかん》をかけたと思《おも》って……」

「ふむふむ、ここのビニール線《せん》をつないで、こちらのアルミ缶《かん》に切《き》り込《こ》み入《い》れて、さらにラジエータの取《と》り付《つ》け部《ぶ》に絶縁《ぜつえん》パイプの塩《えん》ビパイプを組《く》み合《あ》わせれば、はい、できあがり！　電子《でんし》アンテナ直《なお》ったよー☆」

「な、なにぃ⁉」

ユリアはテヘッと笑《わら》うと、ものの一分《いっぷん》で壊《こわ》れたアンテナを組《く》み立《た》て直《なお》してしまった！

その神業《かみわざ》ともいえるスピードに、学生《がくせい》たちは唖然《あぜん》とする。

「え、ええええ――――っ、信《しん》じられない！」

「あの複雑《ふくざつ》な仕組《しく》みをたった一分《いっぷん》で直《なお》してしまうなんて！」

「まぁ、あなたってすごいのね。アンテナを直《なお》してくれてありがとう」

「いえいえ、どういたしまして～」

そんな中《なか》で唯一《ゆいいつ》ユリアに素直《すなお》にお礼《れい》を言《い》ったのは、ニコニコ笑《わら》う明日花《あすか》だけだった。

しかしユリアの取《と》ったこの行動《こうどう》が、さらなる騒動《そうどう》を巻《ま》き起《お》こすことになる。

「あれ、ユリアちゃん、なんか体《からだ》が……！」

「え？　あ……あわわわっ！」

ユリアの変化《へんか》にいち早《はや》く気《き》づいたのはシュリだった。

二人《ふたり》は慌《あわ》てて明日花《あすか》達《たち》から距離《きょり》を取《と》り、まじまじとユリアの体《からだ》を観察《かんさつ》する。

「て、手《て》が！　ユリアの手《て》がなんか透《す》けちゃってる〜〜〜!?」

「お、落《お》ち着《つ》いてユリアちゃん！」

シュリはユリアと手《て》をつないで、ユリアがどこにも行《い》かないようにと指先《ゆびさき》に力《ちから》を込《こ》めた。

するとクラゲのように透《す》けていたユリアの体《からだ》がゆっくりと元通《もとどお》りになる。

「あ……」

「よかった。戻《もど》ったみたいだね」

ユリアとシュリはホッと息《いき》を吐《は》くものの、現実《げんじつ》ではありえない不思議《ふしぎ》な現象《げんしょう》を前《まえ》にして、いよいよタイムスリップの可能性《かのうせい》を信《しん》じざるを得《え》なくなってきた。

世《よ》の中《なか》にはまだまだ科学《かがく》で説明《せつめい》できないことが山《やま》ほどある。

そして今《いま》ユリアとシュリは、それを身《み》をもって体験《たいけん》しているのだ！

「もしかしたらオレ達《たち》が過去《かこ》に来《き》たことで歴史《れきし》が変《か》わった？　そういえばユリアちゃんのお父《とう》さんとお母《かあ》さんが親《した》しくなったのは、壊《こわ》れたアンテナを直《なお》したのがきっかけだったたって言《い》ってたよね？」

「そ、そーだった！」

ここでユリアもようやく自分《じぶん》の失敗《しっぱい》に気《き》づいた。

本来《ほんらい》なら土手《どて》から自転車《じてんしゃ》で転《ころ》げ落《お》ちて、アンテナを壊《こわ》すのは父《ちち》・加賀里《かがり》のはずだったのだ！　もちろんその後《あと》、アンテナを直《なお》すのも加賀里《かがり》の役目《やくめ》！

だけどユリアとシュリがタイムスリップしてその役目《やくめ》を奪《うば》ってしまったことで、微妙《びみょう》に歴史《れきし》が変《か》わってしまったようだ！

「えーと、つまりこのままだとお父《とう》さんとお母《かあ》さんは恋人《こいびと》にならなくて、その結果《けっか》ユリアも生《う》まれてこない……ってこと？」

「……まずいな。このままだとユリアちゃんの存在自体《そんざいじたい》が消《き》えちゃうかもしれない。体《からだ》が透《す》けたのはその警告《けいこく》かも……」

「そ、そんな～！　シュリくん、どうしよう⁉」

ユリアはダーッと滝《たき》のような涙《なみだ》を流《なが》し、シュリもきゅっと強《つよ》く唇《くちびる》を引《ひ》き結《むす》んだ。

とにかく今《いま》は明日花《あすか》のそばを離《はな》れるべきだと判断《はんだん》した二人《ふたり》は、一言《ひとこと》「ご迷惑《めいわく》をかけました」と挨拶《あいさつ》すると、そそくさと河川敷《かせんしき》を後《あと》にしたのだった。

その後《あと》、ユリアとシュリは近《ちか》くのコンビニに移動《いどう》した。

ユリアの体《からだ》は時々《ときどき》透《す》けては元《もと》に戻《もど》ったり不安定《ふあんてい》な状態《じょうたい》だ。

とにかく歴史《れきし》を元《もと》に戻《もど》すため、二人《ふたり》はコンビニで過去《かこ》の情報《じょうほう》を集《あつ》めることにした。

「うん、やっぱりここはオレ達《たち》の時代《じだい》より昔《むかし》の世界《せかい》みたいだね。見《み》てよ、このスポーツ新《しん》聞《ぶん》の日付《ひづけ》」

「一九九×年《せんきゅうひゃくきゅうじゅうねん》十一月《じゅういちがつ》二十日《はつか》。うわ、彗星《すいせい》を発見《はっけん》する運命《うんめい》の日《ひ》、当日《とうじつ》じゃない〜！」

よりにもよって一番重大《いちばんじゅうだい》な日《ひ》にタイムスリップしてしまうなんて……とユリアは嘆《なげ》く。

もっと詳《くわ》しい情報《じょうほう》を集《あつ》めようと、スマホを取《と》り出《だ》して電源《でんげん》を入《い》れるけど——

「うわっ、しまった。二十二年前《にじゅうにねんまえ》の世界《せかい》じゃネットにもつなげないよぉ！」

「ネットどころか携帯電話《けいたいでんわ》での通話《つうわ》も無理《むり》だと思《おも》う。多分中継地《たぶんちゅうけいち》がないせいだね。この時《じ》代《だい》の連絡《れんらく》ツールはポケベルが主流《しゅりゅう》じゃないかな」

「ポケベル？　うーん、聞《き》き覚《おぼ》えがあるような、ないような……」

「オレも両親《りょうしん》の昔話《むかしばなし》の中《なか》で聞《き》いただけで、使《つか》い方《かた》までは知《し》らないや」

ユリアとシュリは顔《かお》を突《つ》き合《あ》わせて、はぁっとため息《いき》をついた。

残念《ざんねん》だがこの世界《せかい》には、インターネットも、パソコンも、電子《でんし》マネーも、便利《べんり》な道具《どうぐ》は何一《なにひと》つ存在《そんざい》しない。

ちなみに飲《の》み物《もの》を買《か》おうとレジで千円札《せんえんさつ》を出《だ》したら「オモチャのお札《さつ》を持《も》ってくるな！」と店員《てんいん》に怒《おこ》られた。（この時代《じだい》の千円札《せんえんさつ》の肖像画《しょうぞうが》は野口英世《のぐちひでよ》ではなく夏目漱石《なつめそうせき》なのだ！）

たかが二十二年《にじゅうにねん》の違《ちが》い。けれど文化《ぶんか》レベルの違《ちが》いは予想《よそう》よりも大《おお》きいようだ。

「とにかく加賀里教授《かがりきょうじゅ》を探《さが》そう。加賀里教授《かがりきょうじゅ》からの告白《こくはく》で、二人《ふたり》は付《つ》き合《あ》い始《はじ》めるんだから」

「うんうん、ここはお父《とう》さんに頑張《がんば》ってもらわなきゃね！」

ユリアはエイエイオー！　と気合《きあい》を入《い》れながらコンビニの自動《じどう》ドアをくぐった。

するとすぐ近《ちか》くでキキーッと派手《はで》なブレーキ音《おん》が響《ひび》き、一台《いちだい》の自転車《じてんしゃ》がフラフラしながらユリアめがけて突《つ》っ込《こ》んでくる。

「うおぉぉぉ～、そこの女《おんな》の子《こ》！　よけろ～～～～～!!」

「ひっ、ひあぁぁ～～～～～っ!?」

「ユリアちゃん！」

ガチャーンという派手《はで》な音《おと》と共《とも》に自転車《じてんしゃ》はすっ転《ころ》び、カゴに積《つ》まれていた段《だん》ボールが道《どう》路《ろ》に散《ち》らばる。ユリアは自転車《じてんしゃ》を避《よ》けた勢《いきお》いで尻餅《しりもち》をつきそうになったが、そこはいつものようにシュリが受《う》け止《と》めてくれた。

「いやぁ、ごめんごめん。ちょっと荷台《にだい》に箱《はこ》を積《つ》みすぎたみたいだ。アハハハ……」

「あ！」

そして散《ち》らばった段《だん》ボールの向《む》こうから、ユリアのよく知《し》る人物《じんぶつ》がひょいっと顔《かお》を出《だ》す。

それは今《いま》よりもうんと若《わか》い相川加賀里《あいかわかがり》。

偶然《ぐうぜん》にもユリアは高校生時代《こうこうせいじだい》の父《ちち》と出会《であ》えたのだった。

「いやー、悪《わる》いね。けがを治療《ちりょう》するどころか、逆《ぎゃく》に荷物《にもつ》まで運《はこ》んでもらっちゃって」

その後《あと》、ユリア達《たち》は加賀里《かがり》に付《つ》き合《あ》ってテトラ高校《こうこう》を訪《おとず》れた。

表向《おもてむ》きは保健室《ほけんしつ》に寄《よ》るためだが、本当《ほんとう》の目的《もくてき》は加賀里《かがり》と明日花《あすか》の仲《なか》を取《と》り持《も》つこと。

ユリアが生《う》まれてくるためには、何《なに》がなんでも二人《ふたり》にラブラブになってもらわなければ困《こま》るのだ。

「なぁに、この部屋《へや》〜!?」

「アハハ、激《はげ》しく既視感《きしかん》を感じるね……」

加賀里《かがり》に案内《あんない》されたのは、第二理科室《だいにりかしつ》の準備室《じゅんびしつ》。そこにはありとあらゆる実験道具《じっけんどうぐ》が所《ところ》狭《せま》しと置《お》かれ、壁際《かべぎわ》には怪《あや》しい水槽《すいそう》が並《なら》べられている。

つまりこの部屋《へや》、ユリアの部屋《へや》とそっくりなのだ！

「お、加賀里《かがり》、また変《へん》な実験《じっけん》してんのか？」

「変《へん》な実験《じっけん》じゃねーよ！　これは未来《みらい》の日本《にっぽん》の科学《かがく》を変《か》える崇高《すうこう》な実験《じっけん》だ!!」

さらに突然廊下側《とつぜんろうかがわ》の窓《まど》がガラッと開《あ》いたかと思《おも》うと、通《とお》りすがりの男子生徒《だんしせいと》二人《ふたり》が笑顔《えがお》で話《はな》しかけてきた。どうやら加賀里《かがり》のクラスメイトらしい。

「これから行《おこな》おうとしている金属結晶《きんぞくけっしょう》の格子比熱《こうしひねつ》の実験《じっけん》は、従来《じゅうらい》の測定方法《そくていほうほう》じゃなくて、最新《さいしん》の測定器《そくていき》を使《つか》った革新的《かくしんてき》な方法《ほうほう》なんだ。見《み》てくれよ、これだけの実験道具《じっけんどうぐ》、集《あつ》めるの苦労《くろう》したんだぜ？」

「ははは、相変《あいか》わらず加賀里《かがり》の考《かんが》えは常人《じょうじん》にはよくわかんねー」

「でも加賀里《かがり》くらいの天才《てんさい》なら、何十年後《なんじゅうねんご》かにマジでノーベル賞《しょう》とか取《と》ってそーだよな」

「ふん、当然《とうぜん》だろ！」

「ププッ、相変《あいか》わらず自信家《じしんか》すぎる、おまえ♪」

加賀里《かがり》はニカッと笑《わら》いながら、しばらくクラスメイトと談笑《だんしょう》していた。

明日花《あすか》が言《い》っていた通《とお》り、高校生《こうこうせい》の加賀里《かがり》は学校《がっこう》で人気者《にんきもの》のようだ。

本《ほん》や実験道具《じっけんどうぐ》でいっぱいの準備室《じゅんびしつ》や、誰《だれ》に対《たい》しても明《あか》るく接《せっ》する所《ところ》など、高校生《こうこうせい》の加賀《かが》里《り》はユリアとよく似《に》ている。

「で君達《きみたち》、オレに何《なに》か用《よう》があるって言《い》ってたけどなんの用《よう》？」

そして生徒《せいと》が立《た》ち去《さ》った後《あと》、加賀里《かがり》は実験《じっけん》の準備《じゅんび》を進《すす》めながら、ユリア達《たち》を振《ふ》り返《かえ》った。

ユリアはフンッと鼻息《はないき》を荒《あら》くして、勢《いきお》いよく手《て》を上《あ》げる。

「はい、相川加賀里《あいかわかがり》くん！　とにかくこれからまた外《そと》に出《で》て河川敷《かせんしき》に向《む》かいましょう！

そして自転車《じてんしゃ》ごと土手《どて》から転《ころ》げ落《お》ちましょう!!」

「はぁ～!?」

ユリアは強引《ごういん》に加賀里《かがり》の手《て》を取《と》ると、アンテナのある河川敷《かせんしき》へ連《つ》れて行《い》こうとした。

一方《いっぽう》の加賀里《かがり》は突然意味不明《とつぜんいみふめい》なことを言《い》われ、ユリアの手《て》を乱暴《らんぼう》に払《はら》う。

「ちょ、ちょっと待《ま》て！　買《か》い物《もの》が終《お》わって戻《もど》ってきたばかりなのに、なんでまた外出《がいしゅつ》する必要《ひつよう》があるんだ？　オレはどこにも行《い》かないぞ。大事《だいじ》な実験《じっけん》もあるって言《い》ってるだろ」

「え、えーと、でもそれじゃあ……」

「(多分《たぶん》この買い物《もの》の途中《とちゅう》で、土手《どて》から落《お》っこちる予定《よてい》だったんだよね……)」

シュリにそっと耳打《みみう》ちされて、さすがのユリアもこれからどうすべきか迷《まよ》った。

シュリの指摘通《してきどお》り、おそらく加賀里《かがり》と明日花《あすか》が一気《いっき》に近《ちか》づく運命《うんめい》のタイミングは、もう過《す》ぎてしまっている。ならばまた別《べつ》の作戦《さくせん》を立《た》てなければ……!

「えーと、じゃあせっかくだから校内《こうない》を案内《あんない》して下《くだ》さい。ユリ……じゃなくて私達《わたしたち》も、来年《らいねん》テトラ高校《こうこう》を受験《じゅけん》する予定《よてい》なんです。ね? シュリくん」

「あ、うん、そうだね」

ユリアはいつも使《つか》っている「ユリア」という一人称《いちにんしょう》を「私《わたし》」に変《か》えた。

シュリはともかく、未来《みらい》に生《う》まれてくる娘《むすめ》の名前《なまえ》を今《いま》ここで加賀里《かがり》に覚《おぼ》えられても困《こま》る。

そのことで歴史《れきし》が変《か》わってしまうかもしれないからだ。

「はぁ? 校内《こうない》の見学《けんがく》? オレはこれから実験《じっけん》があるって言《い》ってるじゃん。悪《わる》いけどそーゆーことなら用務員《ようむいん》さんにでも頼《たの》んでよ」

「そ、そこをなんとか〜〜〜!」

対《たい》する加賀里《かがり》はといえば、頭《あたま》の中《なか》はもう実験《じっけん》のことでいっぱいのようで、ユリアの申《もう》し出《で》をきっぱりと断《ことわ》る。そんな加賀里《かがり》にユリアは思《おも》いきり泣《な》きついた。

何《なに》せ二人《ふたり》の恋《こい》にはユリアの命《いのち》と未来《みらい》が懸《か》かっているのだ。

ここで父親《ちちおや》の加賀里《かがり》に積極的《せっきょくてき》に動《うご》いてもらわなければ、歴史《れきし》が大《おお》きく変《か》わってしまう。

「あ、あれってもしかして明日花《あすか》さん？」

「ほえっ？」

その時《とき》不意《ふい》に、シュリが窓《まど》の外《そと》の向《む》こうに明日花《あすか》の姿《すがた》を見《み》つけた。

どうやら明日花《あすか》も学校《がっこう》に戻《もど》っていて、渡《わた》り廊下《ろうか》の先《さき》へと向《む》かっているようだ。

「よし、これから調《しら》べ物《もの》をするために図書室《としょしつ》に行《い》くぞ！」

「はいっ⁉」

明日花《あすか》の姿《すがた》を見《み》つけるなり、突然《とつぜん》加賀里《かがり》が実験《じっけん》を中止《ちゅうし》してバタバタと資料《しりょう》をまとめだした。ユリアやシュリに目《め》もくれず、慌《あわ》てて準備室《じゅんびしつ》から出《で》て行《い》ってしまう。

「ちょ、お父《とう》さ……じゃなくて相川《あいかわ》くん！　待《ま》ってよ〜！」

「よし、オレ達《たち》も追《お》いかけよう！」

こうして三人《さんにん》が向《む》かった場所《ばしょ》はテトラ高校《こうこう》の図書室《としょしつ》。

明日花《あすか》は本棚《ほんだな》から何冊《なんさつ》かの天文書《てんもんしょ》を取《と》り出《だ》すと、窓際《まどぎわ》の一番明《いちばんあか》るい席《せき》に座《すわ》った。

「よし、ここがオレの特等席《とくとうせき》だ！」

一方《いっぽう》の加賀里《かがり》は、廊下側《ろうかがわ》の席《せき》を陣取《じんど》る。図書室《としょしつ》にはユリア達以外《たちいがい》の生徒《せいと》がいないため、加賀里《かがり》と明日花《あすか》は自然《しぜん》と図書室《としょしつ》の端《はし》と端《はし》で向《む》き合《あ》う形《かたち》になった。

「なんだぁ、お父《とう》さんってばやっぱりお母《かあ》さんにラブラブなんじゃない」

「うん、態度《たいど》と行動《こうどう》がわかりやすいよね」

両親《りょうしん》の微笑《ほほえ》ましい光景《こうけい》を見《み》てユリアがニコニコした……のも束《つか》の間《ま》。

向《む》かい合《あ》って座《すわ》る加賀里《かがり》と明日花《あすか》の間《あいだ》に、だんだんピリピリとした空気《くうき》が流《なが》れ始《はじ》める。

「ん？　なんか気《き》のせいじゃなければ……お父《とう》さんってば殺気立《さっきだ》ってる？」

「うん、明日花《あすか》さんを熱《あつ》く見《み》つめるというより、ギンギンににらみつけているような……」

先《さき》ほどまではニコニコと笑《わら》っていたはずの加賀里《かがり》が、なぜか急《きゅう》に厳《きび》しい表情《ひょうじょう》になったのを見《み》て、ユリアとシュリは首《くび》を傾《かし》げた。甘《あま》い……というにはほど遠《とお》い、むしろ親《おや》の仇《かたき》を目《め》にしているような加賀里《かがり》の様子《ようす》が気《き》になり、シュリは小声《こごえ》で加賀里《かがり》に話《はな》しかける。

「ちょっと相川《あいかわ》さん。どうして明日花《あすか》さんをにらんでるんですか？」

「……えっ？　君達《きみたち》、新田《にった》さんと知《し》り合《あ》いか？　実《じっ》は前々《まえまえ》から不思議《ふしぎ》に思《おも》っててさ。新田《にった》さんからは解析不明《かいせきふめい》な重力《じゅうりょく》が放《はな》たれている！」

「はぁっ⁉」

「オレはその未知《みち》のパワーを調《しら》べたいんだ。教室《きょうしつ》にいても、図書室《としょしつ》にいても、なぜかオレの視線《しせん》はクラスメイトである新田《にった》さんに固定《こてい》されてしまう。それだけじゃなく脈拍《みゃくはく》が異常《いじょう》に速《はや》くなり、全身汗《ぜんしんあせ》がにじみ出《で》る。この体調変化《たいちょうへんか》はなんなのか？　何《なに》かのトリックなのか。それとも彼女《かのじょ》はマイクロ波発生装置《はっせいそうち》か何《なに》かを図書室《としょしつ》に持《も》ち込《こ》んでいるのか？」

「え、えーと、別《べつ》に彼女《かのじょ》は特別《とくべつ》な機械《きかい》を持《も》ち込《こ》んでいるわけじゃないと思《おも》う、よ……」

加賀里《かがり》が真剣《しんけん》に語《かた》れば語《かた》るほど、ユリアとシュリは脱力《だつりょく》していった。

どうやら高校生《こうこうせい》の加賀里《かがり》は、重症《じゅうしょう》の恋愛音痴《れんあいおんち》らしい。

明日花《あすか》に対《たい》して好意《こうい》を感《かん》じているようだが、なまじっか頭《あたま》がいいだけにそれを恋《こい》だと自覚《じかく》できず。

その結果《けっか》、明後日《あさって》な方向《ほうこう》に考《かんが》えが行《い》ってしまっているようだ。

「つまり相川《あいかわ》くんは明日花《あすか》ちゃんが気《き》になって気《き》になって仕方《しかた》ないってことだよね！」

「はぁ？　オレの話《はなし》を聞《き》いてたか？　オレは彼女《かのじょ》から発《はっ》している正体不明《しょうたいふめい》の重力《じゅうりょく》に知的好《ちてきこう》奇心《きしん》を刺激《しげき》されてるだけで……」

「だーかーら！　それが気《き》になってるってことでしょうが！」

ユリアは半分《はんぶん》キレ気味《ぎみ》で目《め》の前《まえ》の机《つくえ》をバン！　と叩《たた》いた。

我《わ》が父《ちち》ながら、まさかこんなトンチンカンな思考《しこう》の持《も》ち主《ぬし》だったなんて……と情《なさ》けなくなる。そうでなくても今日《きょう》、加賀里《かがり》には大活躍《だいかつやく》してもらって、明日花《あすか》に告白《こくはく》してもらわねばならないのだ。

ユリアはフンッと鼻息《はないき》を荒《あら》くすると、本気《ほんき》モードに入《はい》った。

「つまり相川《あいかわ》くんは明日《あす》花《か》ちゃんを視界《しかい》に入《い》れる度《たび》、鼓動《こどう》が乱《みだ》れるんだよね？」

「いや、別《べつ》に四六時中《しろくじちゅう》見《み》つめているわけでは……」

「シャーラップ！　人《ひと》が誰《だれ》かに一目惚《ひとめぼ》れするには、たった八《はっ》・二秒《にびょう》あればいい！　アメリカの大学《だいがく》の研究《けんきゅう》の結果《けっか》、神経成長因子《しんけいせいちょういんし》という神経細胞《しんけいさいぼう》から分泌《ぶんぴつ》されるホルモンが一目惚《ひとめぼ》れに関与《かんよ》していることも判明《はんめい》してるんだからね！」

「な、何《なに》？　それは興味深《きょうみぶか》い結果《けっか》だな⁉」

「それによく考《かんが》えてみて？　心拍数《しんぱくすう》が異常《いじょう》に上《あ》がるのは脳《のう》のA《エー》‐10神経《しんけい》が興奮《こうふん》し、視床下部《ししょうかぶ》にある性中枢《せいちゅうすう》が興奮《こうふん》するからじゃない？」

「た、確《たし》かにオレの体調変化《たいちょうへんか》は、それらに当《あ》てはまっているな！」

「つまりこれは恋《こい》！　相川《あいかわ》くんは新田明日花《にったあすか》ちゃんに恋《こい》しちゃっているのです！」

「こ、恋《こい》!?　これが!?」

まさに擬音《ぎおん》をつけるならガガガガーンと激《はげ》しく、ユリアの言葉《ことば》は加賀里《かがり》の脳天《のうてん》をまっすぐに貫《つらぬ》いた。

恋愛音痴《れんあいおんち》といえども、そこはやはり他《ほか》に類《るい》を見《み》ないほどの天才《てんさい》。恋愛《れんあい》を科学《かがく》に置《お》き換《か》えた途端《とたん》、加賀里《かがり》はようやく自分《じぶん》の気持《きも》ちを自覚《じかく》したようだ。

「そ、そうか。これが恋《こい》。オレはいつの間《ま》にか新田《にった》さんに恋《こい》をしていたんだな……」

加賀里《かがり》は胸《むね》に手《て》を当《あ》てながら、きゅぅ〜〜〜んっと高鳴《たかな》る鼓動《こどう》を確認《かくにん》した。

明日花《あすか》も明日花《あすか》で向《む》かいの席《せき》で何《なに》やら怪《あや》しい密談《みつだん》をするユリア達《たち》が気《き》になるのか、首《くび》を傾《かし》げて苦笑《くしょう》している。

「に、新田《にった》さん、やっぱり可愛《かわい》い……」

明日花《あすか》の笑顔《えがお》にハートを射貫《いぬ》かれた加賀里《かがり》は、とろけそうな笑顔《えがお》になっていた。

そして昂《たかぶ》る気持《きも》ちのままに、明日花《あすか》への想《おも》いを力説《りきせつ》する。

「よっしゃ!　じゃあこれから結婚式場《けっこんしきじょう》を探《さが》さなきゃな!　それと婚約指輪《こんやくゆびわ》はAl_2O_3(※ルビーの化学式《かがくしき》)や$Be_3Al_2Si_6O_{18}$(※エメラルドの化学式《かがくしき》)なんかどうだろ!」

「こりゃっ!　なんでいきなりそうなる——っ!?」

そんな加賀里《かがり》に鋭《するど》いツッコミを入《い》れるのはもちろん娘《むすめ》であるユリアの役目《やくめ》だ。

どうやらあまりにテンションが上《あ》がりすぎて、加賀里《かがり》の思考《しこう》がまたまたとんでもない方《ほう》向《こう》に飛躍《ひやく》しているようだ。

「え？　もしかしてオレ、何《なに》か手順《てじゅん》を間違《まちが》えてる？」

「間違《まちが》えてる、間違《まちが》えてる！　ビッグミステイクだよ！　まずは結婚《けっこん》よりも先《さき》に明日花《あすか》ちゃんに自分《じぶん》の気持《きも》ちを伝《つた》えなきゃ!!」

「そ、そっか！　それは盲点《もうてん》だった！」

ユリアのもっともすぎる指摘《してき》に、加賀里《かがり》は目《め》を丸《まる》くして感心《かんしん》した。

加賀里《かがり》のあまりのだめさ加減《かげん》に、ユリアは本気《ほんき》で頭《あたま》を抱《かか》える。

ここは自分《じぶん》がイニシアチブを取《と》って、なんとしてでも二人《ふたり》の恋《こい》を成就《じょうじゅ》させなきゃ……。

逆境《ぎゃっきょう》に追《お》い込《こ》まれれば追《お》い込《こ》まれるほど、ユリアの闘志《とうし》はメラメラと燃《も》え上《あ》がった！

「あの、ちょっといいですか……？」

「！」

そしてこれからどうやって二人《ふたり》を接近《せっきん》させようかと頭《あたま》を悩《なや》ませていると……。

なんと明日花《あすか》が席《せき》から立《た》ち上《あ》がり、加賀里《かがり》やユリアに近《ちか》づいてきたのだ！

予想外《よそうがい》の幸運《こううん》に、ユリアは思《おも》わずガッツポーズを取《と》る。

「この女《おんな》の子達《こたち》は相川《あいかわ》くんの知《し》り合《あ》いですか？　あのぅ、さっきは壊《こわ》れたアンテナを直《なお》してくれてありがとう」

「いえいえ、どういたしまして！」

「オレ達《たち》、テトラ高校《こうこう》を見学《けんがく》に来《き》た者《もの》なんです。相川《あいかわ》くんとはたまたま知《し》り合《あ》って……」

ユリアとシュリは通《とお》りすがりの学生《がくせい》を演《えん》じながら、明日花《あすか》の出方《でかた》をうかがった。

ちなみに加賀里《かがり》は瞳《ひとみ》をキラキラさせながら、明日花《あすか》のことを熱《あつ》く見《み》つめている。

「実《じつ》はアンテナを直《なお》したその腕《うで》を見込《みこ》んで、お願《ねが》いしたいことがあるんですけど……」

「！」

明日花《あすか》はおずおずと手《て》を合《あ》わせて、ユリア達《たち》に頼《たの》みごとをしてきたのだ。

まさに渡《わた》りに船《ふね》とはこのこと！

ユリアは「ＯＫ《オーケー》！」と言《い》おうとしたその時《とき》――

「そーゆーことならオレに任《まか》せとけって！　アンテナだろうと望遠鏡《ぼうえんきょう》だろうと、オレの手《て》にかかれば朝飯前《あさめしまえ》だって！」

「あ、相川《あいかわ》くん!?」

なんとユリア達《たち》が橋渡《はしわた》しする必要《ひつよう》もないほど、加賀里《かがり》が気持《きも》ちよく明日花《あすか》の頼《たの》みごとを引《ひ》き受《う》けたのだ。

明日花《あすか》のためにハッスルする父《ちち》の姿《すがた》を見《み》て、ユリアも思《おも》わず「お父《とう》さんってば、やるぅ♪」と内心頼《ないしんたの》もしく思《おも》ったのだった。

図書室《としょしつ》を出《で》て明日花《あすか》と共《とも》に向《む》かった先《さき》は、テトラ高校《こうこう》の屋上《おくじょう》だった。

屋上《おくじょう》には先《さき》ほど河川敷《かせんしき》にいた、田中《たなか》や天文部《てんもんぶ》のみんなが集《あつ》まっている。

「おー、みんな真面目《まじめ》にやってるなー」

「あ、相川《あいかわ》!?　なんでお前《まえ》がここに!?」

「ちょ、新田《にった》くん!?　なんでこんな奴《やつ》らを連《つ》れてきたんだ!?」

「すいません、田中部長《たなかぶちょう》。でもアンテナ2号《ごう》の製作《せいさく》には、相川《あいかわ》くんと彼女達《かのじょたち》の力《ちから》が必要《ひつよう》なんです！」

田中《たなか》や天文部《てんもんぶ》の部員《ぶいん》たちは、屋上《おくじょう》にやってきたユリア・シュリ・加賀里《かがり》の姿《すがた》を見《み》て、思《おも》いっきり迷惑《めいわく》そうな顔《かお》をした。ユリアはそれらの視線《しせん》を無視《むし》して、明日花《あすか》が書《か》いた設計図《せっけいず》を手《て》に取《と》る。

「あ、なるほど。つまり高度角《こうどかく》を調整《ちょうせい》する機能《きのう》を付《つ》け加《くわ》えたいんだね」

「そうなんです。でもアンテナの調整《ちょうせい》がうまくいかなくて……」

「あ、まず受信《じゅしん》した電波《でんぱ》をコントロールユニットに経由《けいゆ》させる回路《かいろ》を作《つく》った方《ほう》がいいよ」

設計図《せっけいず》を見《み》ながら、アンテナ２号《ごう》について熱《あつ》く語《かた》り合《あ》うユリアと明日花《あすか》。

その横《よこ》でシュリが苦笑《くしょう》しながら、そっとユリアに耳打《みみう》ちする。

「(ユリアちゃん、ユリアちゃん。そうじゃないでしょ)」

「(あ、いっけないい！　夢中《むちゅう》になるあまり、つい)」

シュリに指摘《してき》されて、ユリアはペロッと舌《した》を出《だ》した。

「えーと、ごめん明日花《あすか》ちゃん。ユリ……じゃなくて私《わたし》、これ以上難《いじょうむずか》しいことはわからないや」

「えっ⁉」

「でもその代《か》わり相川《あいかわ》くんが明日花《あすか》ちゃんの力《ちから》になってくれるって！　天才《てんさい》の相川《あいかわ》くんならアンテナ２号《ごう》もあっという間《ま》にパパパッと作《つく》ってくれちゃうよ！」

「え？　ああ、そのつもりで手伝《てつだ》いにきたんだからな！」

少《すこ》しわざとらしい演技《えんぎ》だが、ユリアは自分《じぶん》の代《か》わりに加賀里《かがり》を助《すけ》っ人《と》に推薦《すいせん》した。

加賀里《かがり》も加賀里《かがり》でやる気《き》を出《だ》して、袖《そで》をまくりながら早速作業《さっそくさぎょう》に取《と》り掛《か》かる。

「そうだ、どうせなら高度角《こうどかく》を調整《ちょうせい》するだけでなく、振幅変調受信装置《しんぷくへんちょうじゅしんそうち》も一緒《いっしょ》に作《つく》ってしまおうか？」

「あ、それはいいですね！」

「となると新型《しんがた》のラジエータが必要《ひつよう》になってくるけど……」

「大丈夫《だいじょうぶ》です。それならちゃんと準備《じゅんび》してあります！」

「お、手回《てまわ》しいいな。さすが新田《にった》さん！」

加賀里《かがり》はニカッと笑《わら》うと、明日花《あすか》の頭《あたま》をポンポンと撫《な》でた。

一瞬明日花《いっしゅんあすか》はきょとんとして、それからすぐにクスクスと笑《わら》いだす。

「(フフッ、ユリアちゃんのご両親《りょうしん》、なんかいい雰囲気《ふんいき》だね)」

「(うん、なんかユリア達《たち》が協力《きょうりょく》しなくても何《なん》とかなりそう♪)」

二人《ふたり》が当《あ》たり前《まえ》のように並《なら》んでいる姿《すがた》を見《み》て、ユリアとシュリは心《こころ》の中《なか》がほんわりと温《あたた》かくなった。

しかも加賀里《かがり》と明日花《あすか》は後《のち》にノーベル賞候補《しょうこうほ》になる天才科学者《てんさいかがくしゃ》と、NASA《ナサ》に勤《つと》めることになる天文学者《てんもんがくしゃ》である。

二人《ふたり》の会話《かいわ》は高校生《こうこうせい》とは思《おも》えないほど、この時点《じてん》でハイレベルなものだった。

「ここです。天《てん》の子午線《しごせん》を通過《つうか》する時《とき》に電波強度《でんぱきょうど》が最大《さいだい》になるよう調整《ちょうせい》したいんです」

「なるほど、つまり電波源《でんぱげん》が銀河系《ぎんがけい》なら、地方恒星《ちほうこうせい》の電波最大時刻《でんぱさいだいじこく》は地球《ちきゅう》の公転《こうてん》に合《あ》わせて毎日約四分早《まいにちやくよんぷんはや》くなってるはずだな」

「そうなんです。この前《まえ》の観測記録《かんそくきろく》を見《み》てもらえますか？　十五時頃《じゅうごじごろ》からゆっくりレベルが上昇《じょうしょう》して、十八時《じゅうはちじ》から二十三時《にじゅうさんじ》まで高《たか》くなり、最大《さいだい》になるのは二十時《にじゅうじ》です」

「うーん、でもこのスパイク状《じょう》に伸《の》びているのは単《たん》なるノイズの可能性《かのうせい》がある」

「ということは、準備《じゅんび》した二十九《にじゅうきゅう》メガヘルツアンテナの各《かく》エレメンツの長《なが》さを百六十六《ひゃくろくじゅうろく》ミリ短《みじか》く調整《ちょうせい》する必要《ひつよう》がありそうですね」

「なるほど、確《たし》かにその方《ほう》が受信精度《じゅしんせいど》も上《あ》がるかもしれない」

加賀里《かがり》と明日花《あすか》はあーでもない、こーでもないと議論《ぎろん》を白熱《はくねつ》させながら、てきぱきとアンテナ2号《ごう》を組《く》み立《た》てていく。

その様子《ようす》を見《み》ていた天文部《てんもんぶ》の部員《ぶいん》は、二人《ふたり》の会話《かいわ》についていけずポカンとした。

「ぶ、部長《ぶちょう》。あの二人《ふたり》、何言《なにい》ってるかわかります？」

「いや、あんなにハキハキしゃべる新田《にった》くん、初《はじ》めて見《み》た……」

「えへへ、そりゃあ自分《じぶん》と同《どう》レベルの頭脳《ずのう》の持《も》ち主《ぬし》がいたら、会話《かいわ》も弾《はず》むに決《き》まってるじゃないですか！」

「そういう意味《いみ》では、やっぱりお似合《にあ》いの二人《ふたり》だね」

「なに？　新田《にった》くんと相川加賀里《あいかわかがり》がお似合《にあ》いだと!?」

ユリアとシュリは仲睦《なかむつ》まじい二人《ふたり》の様子《ようす》にニコニコしたが、どうやら天文部《てんもんぶ》はそうでもないらしい。特《とく》に田中《たなか》はキッと加賀里《かがり》をにらみつけると、二人《ふたり》の間《あいだ》に割《わ》って入《はい》った。

「新田《にった》くん、部外者《ぶがいしゃ》ばっかりに頼《たよ》らないで、僕達《ぼくたち》にも声《こえ》をかけてくれたまえ！」

「あ、すいません、部長《ぶちょう》……」

「僕《ぼく》だって君《きみ》の力《ちから》になりたいんだ。頭脳《ずのう》では勝《か》てなくても、君《きみ》を想《おも》う気持《きも》ちなら誰《だれ》にも負《ま》けない……」

——バチバチッ！

次《つぎ》の瞬間《しゅんかん》、加賀里《かがり》と田中《たなか》の間《あいだ》で激《はげ》しい視線《しせん》の火花《ひばな》が散《ち》った。

どうやら田中《たなか》も明日花《あすか》のことを好《す》きらしい。

「うおうっ！　まさかの恋《こい》のライバル出現《しゅつげん》!?」

「うーん、なかなか歴史通《れきしどお》りにはいってくれないね……」

新《あら》たに持《も》ち上《あ》がった難題《なんだい》にユリア達《たち》は頭《あたま》を痛《いた》めた。しかも天文部員《てんもんぶいん》は全員《ぜんいん》田中《たなか》の片思《かたおも》いを知《し》っているようで、完全《かんぜん》に彼《かれ》を応援《おうえん》する態勢《たいせい》に入《はい》っている。

「そうよ、新田《にった》さん！　いつも重《おも》たい望遠鏡《ぼうえんきょう》をあなたと一緒《いっしょ》に運《はこ》んでるのは誰《だれ》？」

「やっぱり同《おな》じ星好《ほしず》きじゃないとわかり合《あ》えないと思《おも》うな！」

「ほらほら、相川《あいかわ》。部外者《ぶがいしゃ》があんまり余計《よけい》な口挟《くちはさ》むなよ」

部員《ぶいん》たちはあれこれと理由《りゆう》をつけて明日花《あすか》と加賀里《かがり》を引《ひ》き離《はな》しにかかる。

もちろんそんなことをされればユリアが生《う》まれてくる可能性《かのうせい》は低《ひく》くなり、その結果《けっか》またまた体《からだ》が透《す》けてきてしまった。

「キーッ、ちょっと！　二人《ふたり》の恋《こい》の邪魔《じゃま》をするなぁ!!」

「それはこっちのセリフだ。部外者《ぶがいしゃ》は黙《だま》ってろ！」

こうして加賀里《かがり》を応援《おうえん》するユリアと、田中《たなか》を応援《おうえん》する天文部《てんもんぶ》の間《あいだ》で言《い》い合《あ》いが始《はじ》まった。

屋上《おくじょう》のあちこちで怒鳴《どな》り声《ごえ》が響《ひび》き、両《りょう》サイドの間《あいだ》に立《た》つ明日花《あすか》はオロオロしている。

「あの、なんかすいません色々《いろいろ》と……」

「ん？　いや別《べつ》に気《き》にしてない」

そんな中《なか》、当事者《とうじしゃ》の加賀里《かがり》はすっかりアンテナの組《く》み立《た》てに夢中《むちゅう》で、外野《がいや》の騒《さわ》ぎなどこ吹《ふ》く風《ふう》だ。

「それにしてもこの設計図《せっけいず》すごいな。特《とく》にこのマッピング装置《そうち》の発想《はっそう》は素晴《すば》らしい」

「え？」

「新田《にった》さんが本当《ほんとう》に星《ほし》が好《す》きだってこと、この設計図《せっけいず》を見《み》てるだけで伝《つた》わってくる。大丈夫《だいじょうぶ》、絶対《ぜったい》このアンテナ２号《ごう》はオレが完成《かんせい》させるから！」

「あ、ありがとう……！」

加賀里《かがり》の力強《ちからづよ》い言葉《ことば》を聞《き》いて、明日花《あすか》は嬉《うれ》しそうに微笑《ほほえ》んだ。

やがてアンテナを組《く》み立《た》てているうちに陽《ひ》はかげり始《はじ》め、放課後《ほうかご》を告《つ》げるチャイムが学校中《がっこうじゅう》に響《ひび》き渡《わた》った。

「もう、相川《あいかわ》くん！　明日花《あすか》ちゃんが好《す》きならもっとガツンといかなきゃ！　このままじゃ田中部長《たなかぶちょう》に負《ま》けちゃうよぉ！」

「いや、それはわかってるけどアンテナを完成《かんせい》させなきゃとそっちに夢中《むちゅう》で……。というか、なんで通《とお》りすがりの君《きみ》がオレの恋《こい》を応援《おうえん》してくれるんだ？」

「今《いま》さら？　今《いま》さらそこに気《き》づく!?」

夕暮《ゆうぐ》れ時《どき》が近《ちか》づき、ユリア達《たち》は一度《いちど》理科《りか》の準備室《じゅんびしつ》に戻《もど》って加賀里《かがり》と作戦会議《さくせんかいぎ》を開《ひら》いた。

ちなみにシュリは飲《の》み物《もの》を買《か》いに、学食《がくしょく》へと出《で》かけている。

「とにかく今晩開《こんばんひら》かれる天体観測《てんたいかんそく》で、相川《あいかわ》くんはがっちり明日花《あすか》ちゃんのハートをつかまなきゃだめだよ！」

「だよなー。でも新田《にった》さんへの気持《きも》ちを自覚《じかく》したのは今日《きょう》だし。ちょっと急過《きゅうす》ぎな気《き》もする。ここは綿密《めんみつ》に計画《けいかく》を立《た》てたほうが……」

「そんな悠長《ゆうちょう》なこと言《い》ってる場合《ばあい》じゃない！　急《きゅう》すぎでもなんでも今夜《こんや》、明日花《あすか》ちゃんに告白《こくはく》して！　この通《とお》り、一生《いっしょう》のお願《ねが》い!!」

ユリアはパンと手《て》を合《あ》わせて加賀里《かがり》にお願《ねが》いした。

ユリアとしては自分《じぶん》の命《いのち》と未来《みらい》がかかっているのだから、必死《ひっし》になるのは当然《とうぜん》だ。

——その時《とき》だった。会話《かいわ》の途中《とちゅう》でいきなり準備室《じゅんびしつ》のドアがガラッと開《あ》いたのは。

何事《なにごと》かと視線《しせん》を上《あ》げると、天文部員《てんもんぶいん》たちがズカズカと遠慮《えんりょ》なく近《ちか》づいて来《く》るのが見《み》える。

「いたいた、相川《あいかわ》とその仲間《なかま》。そろそろ天体観測《てんたいかんそく》に出《で》かけるぞ。場所《ばしょ》はテトラ山《やま》の山頂《さんちょう》だ」

「え？　もうそんな時間《じかん》か？」

「……」

部員達《ぶいんたち》は加賀里《かがり》の質問《しつもん》に答《こた》えずに、いきなり加賀里《かがり》の両脇《りょうわき》をがっちりと固《かた》めると、力《ちから》ずくで外《そと》に連《つ》れ出《だ》した。しかも加賀里《かがり》だけでなく、なぜかユリアも同《おな》じように問答無用《もんどうむよう》で連《れん》行《こう》される。

「え？　え？　いきなりどうした⁉」

「まぁまぁいいから、いいから」

「先生《せんせい》が軽《けい》トラ出《だ》してくれるっていうから、それで山頂《さんちょう》まで移動《いどう》な？」

「コラァッ、あんた達《たち》、また何《なに》かよからぬことを企《たくら》んでるんじゃないでしょうねぇ⁉」

「フフフンッ♪」

部員達《ぶいんたち》は不敵《ふてき》な笑《え》みを浮《う》かべると、そのままユリア達《たち》を校門前《こうもんまえ》に連《つ》れ出《だ》し、無理《むり》やり軽《けい》トラの荷台《にだい》に乗《の》せてしまう。

「あれ？　明日花《あすか》ちゃんがいない？　田中部長《たなかぶちょう》も？」

「ああ、あの二人《ふたり》はいいの。新田《にった》さんと部長《ぶちょう》はテトラ山《やま》じゃなく、学校《がっこう》の屋上《おくじょう》で二人《ふたり》きりの天体観測《てんたいかんそく》を楽《たの》しむ予定《よてい》だから」

「な、なんですと〜っ!?　それってつまりデートじゃない!?」

「はぁ？　デートだと!?　しかも新田《にった》さんと二人《ふたり》きりなんて……許《ゆる》せん！」

部員《ぶいん》たちの企《たくら》みを知《し》ったユリアと加賀里《かがり》はジタバタと荷台《にだい》の上《うえ》で暴《あば》れるが、敵《てき》の数《かず》が多《おお》すぎてあっという間《ま》に取《と》り押《お》さえられてしまう。

「さぁ、テトラ山《やま》にレッツゴー！　田中部長《たなかぶちょう》、うまく新田《にった》さんを口説《くど》けるといいな！」

「ムガー！　この手《て》を放《はな》せ！　に、新田《にった》さん……！」

「シュリくん……シュリくん助《たす》けて〜〜!!」

ユリアは声《こえ》を振《ふ》り絞《しぼ》って、校舎内《こうしゃない》にいるはずのシュリにSOS《エスオーエス》を送《おく》る。

だが残念《ざんねん》ながらその声《こえ》は届《とど》かず、ユリア達《たち》は学校《がっこう》から遠《とお》く離《はな》れたテトラ山山頂《やまさんちょう》へと連《つ》れ去《さ》られてしまうのだった。


山《やま》の稜線《りょうせん》が真《ま》っ赤《か》に染《そ》まり、夜空《よぞら》に一番星《いちばんぼし》が輝《かがや》き始《はじ》めた頃《ころ》。テトラ山《やま》の山頂《さんちょう》では天文部《てんもんぶ》員達《いんたち》がアンテナ1号《ごう》を設置《せっち》し、天体観測《てんたいかんそく》の準備《じゅんび》を始《はじ》めていた。

力《ちから》ずくで明日花《あすか》と引《ひ》き離《はな》された加賀里《かがり》は、丘《おか》に座《すわ》りながら眉間《みけん》にしわを寄《よ》せている。

「くそっ、結局天文部《けっきょくてんもんぶ》の計画《けいかく》が成功《せいこう》してしまった。オレとしたことがまんまと敵《てき》の罠《わな》にはまるなんて屈辱《くつじょく》だ！」

「そうだよそうだよ。このままじゃ明日花《あすか》ちゃんが田中部長《たなかぶちょう》の毒牙《どくが》にかかっちゃう！」

ユリアはその場《ば》でジタバタ足踏《あしぶ》みしながら、これからどうすべきか考《かんが》えた。

ユリアの知《し》っている明日花《あすか》なら田中《たなか》の好意《こうい》に応《こた》えたりはしないだろうけど、なんといってもここは過去《かこ》の世界《せかい》。万《まん》が一《いち》のことだって起《お》こり得《え》る。

ならば残《のこ》された答《こた》えはただ一《ひと》つしかない！

「とにかく戻《もど》ろう！　今《いま》すぐ学校《がっこう》に戻《もど》ろう！　明日花《あすか》ちゃんと部長《ぶちょう》を二人《ふたり》きりにするなんて絶対《ぜったい》ダメ!!」

「とはいってもここから歩《ある》いて学校《がっこう》に戻《もど》るなら最低《さいてい》でも一時間半《いちじかんはん》はかかる。その頃《ころ》にはもう天体観測《てんたいかんそく》も終《お》わってるしな……。くそ、これが本当《ほんとう》の万事休《ばんじきゅう》す、か」

加賀里《かがり》はぷんぷんと怒《おこ》っているものの、どこかあきらめムードだ。

確《たし》かにこれが普通《ふつう》の一日《いちにち》ならば、無理《むり》して学校《がっこう》に駆《か》け付《つ》ける必要《ひつよう》はないのかもしれない。

だけどユリアは知《し》っている。今日《きょう》がカガリ・アスカ彗星発見《すいせいはっけん》の日《ひ》だということを。

もしも今日《きょう》この瞬間《しゅんかん》を逃《のが》してしまったら、加賀里《かがり》と明日花《あすか》の運命《うんめい》の赤《あか》い糸《いと》は、ぷっつりと切《き》れてしまうに違《ちが》いない。

「ちょっと相川《あいかわ》くん、ここで諦《あきら》めてどーすんの？　フランスの哲学者《てつがくしゃ》・モンテーニュはこう言《い》ってるよ。

『恋愛《れんあい》で第一《だいいち》に大事《だいじ》なことは何《なに》かと聞《き》かれたら、私《わたし》は、好機《こうき》をとらえることと答《こた》えるだろう。第二《だいに》も同《おな》じ、第三《だいさん》もやはりそれだ』

わからない？　恋《こい》を実《みの》らせるチャンスは誰《だれ》にでもある。でも逆《ぎゃく》に言《い》うと、恋《こい》を逃《のが》す危険《きけん》も常《つね》にあるってことなんだよ⁉」

「‼」

「今《いま》そのチャンスを手《て》にしているのは田中部長《たなかぶちょう》なの！　いいの？　このままだと明日花《あすか》ちゃんは他《ほか》の男《おとこ》の彼女《かのじょ》になっちゃうかもしれないんだよ⁉」

「新田《にった》さんが他《ほか》の男《おとこ》に……？　いや、それは困《こま》る。オレ的《てき》にすごく困《こま》る。やっと自分《じぶん》の気《き》持《も》ちに気《き》づいたばかりなのに！」

「でしょ？　だったらこの最大《さいだい》のピンチをチャンスに変《か》えなきゃ!!」

「……………っ！」

ユリアの説得《せっとく》が心《こころ》に響《ひび》いたのか、草《くさ》の上《うえ》に座《すわ》り込《こ》んでいた加賀里《かがり》が颯爽《さっそう》と立《た》ち上《あ》がる。

「そうだな。オレとしたことがどうして弱気《よわき》になってたんだろう。今《いま》すぐ新田《にった》さんのそばに行《い》かなくては！」

「そう来《こ》なくっちゃ！」

ユリアはパチンと指《ゆび》を鳴《な》らし、満面《まんめん》の笑顔《えがお》になる。

そして夕焼《ゆうや》けで真《ま》っ赤《か》に染《そ》まった丘《おか》をぐるりと一望《いちぼう》し、自信満々《じしんまんまん》でこう宣言《せんげん》した。

「後《あと》はユリアに任《まか》せて！　必《かなら》ず運命《うんめい》の恋《こい》、成就《じょうじゅ》させてみせるから!!」


一方《いっぽう》その頃《ころ》、ユリアとはぐれてしまったシュリは、テトラ高校《こうこう》の屋上《おくじょう》でひとりモヤモヤしていた。

学食《がくしょく》に飲《の》み物《もの》を買《か》いに行《い》っている間《あいだ》にユリアと加賀里《かがり》の姿《すがた》が消《き》えてしまい、一体何《いったいなに》が起《お》こったんだろうと屋上《おくじょう》に来《き》てみると、なぜかそこには明日花《あすか》と田中部長《たなかぶちょう》の二人《ふたり》しかいなかった。

「君《きみ》、この高校《こうこう》の生徒《せいと》じゃないだろ？　いいかげん校内《こうない》から出《で》ていったらどうかな？」

しかも田中《たなか》はシュリと目《め》が合《あ》うなり、遠回《とおまわ》しに「おまえは邪魔《じゃま》だ」と嫌味《いやみ》を言《い》ってきた。

これにはさすがのシュリもカチンときたが、部外者《ぶがいしゃ》なのは本当《ほんとう》なので、仕方《しかた》なく屋上《おくじょう》の端《はし》に寄《よ》って様子《ようす》を見《み》ることにした。

（ユリアちゃん、一体《いったい》どこに行《い》っちゃったんだろう？　ああ、もう、電話《でんわ》が通《つう》じないって本当《ほんとう》に不便《ふべん》だな！）

シュリは屋上《おくじょう》の隅《すみ》でスマホを取《と》り出《だ》してなんとかユリアと連絡《れんらく》が取《と》れないかと試《こころ》みるが、液晶画面《えきしょうがめん》に出《で》るのはエラー警告《けいこく》だけだ。

（はぁ、今《いま》さらながら携帯電話《けいたいでんわ》のありがたさに気《き》づいたよ。どこにいても好《す》きな時《とき》に好《す》きな人《ひと》と連絡《れんらく》が取《と》れるって、実《じつ》はすごいことなんだな……）

シュリは深《ふか》いため息《いき》をつき、自分達《じぶんたち》の時代《じだい》がいかに便利《べんり》なのかを再確認《さいかくにん》した。

そうしている間《あいだ》にも、明日花《あすか》と田中《たなか》の会話《かいわ》が漏《も》れ聞《き》こえてくる。

「新田《にった》くん、実《じつ》は映画《えいが》の券《けん》が二枚《にまい》あるんだけど、今週《こんしゅう》の土曜《どよう》あたりどうかな？」

「すいません。その日《ひ》は観測《かんそく》データをまとめる予定《よてい》があるので……」

「まぁまぁ、そう言《い》わずに、君《きみ》と僕《ぼく》の仲《なか》じゃないか」

「そう言《い》われましても……」

他《ほか》に誰《だれ》もいないのをいいことに、田中《たなか》はなれなれしく明日花《あすか》に話《はな》しかけている。

その様子《ようす》を見《み》ていたらシュリの焦《あせ》りも、いよいよ最高潮《さいこうちょう》に達《たっ》した。

「あら？　これは何《なに》かしら？」

「！」

さらに天体観測《てんたいかんそく》に集中《しゅうちゅう》している明日花《あすか》が、データを見《み》ながら何《なに》かに気《き》づいた。

アンテナ２号《ごう》の角度《かくど》を何度《なんど》も調節《ちょうせつ》し、必死《ひっし》に空《そら》を見上《みあ》げている。

「どうした、新田《にった》くん？」

「いや、五分前《ごふんまえ》から興味深《きょうみぶか》いデータが記録《きろく》されてるんです。もしかしたら流星《りゅうせい》のまたたき現象《げんしょう》を捉《とら》えてるのかもしれない……」

「！」

明日花《あすか》のつぶやきを耳《みみ》にした瞬間《しゅんかん》、シュリはピン！　と閃《ひらめ》いた。

きっとカガリ・アスカ彗星《すいせい》だ！　今《いま》まさに明日花《あすか》は運命《うんめい》の彗星《すいせい》を発見《はっけん》しようとしている。

自分《じぶん》が歴史的瞬間《れきしてきしゅんかん》に立《た》ち会《あ》っているのだと知《し》り、シュリは思《おも》わず胸《むね》の前《まえ》で両手《りょうて》を組《く》んだ。

（まずい、まずいよ、ユリアちゃん！　このままだとカガリ・アスカ彗星《すいせい》はタナカ・アスカ彗星《すいせい》になっちゃう！）

シュリはぎゅっと固《かた》く目《め》を閉《と》じ、心《こころ》の中《なか》で必死《ひっし》に祈《いの》る。

どうか……どうか今《いま》すぐ奇跡《きせき》が起《お》こりますように！

無事《ぶじ》ユリアちゃんが生《う》まれてくる未来《みらい》を勝《か》ち取《と》れますように！

そんなシュリの祈《いの》りが天《てん》に届《とど》いたのか——テトラ山《やま》から吹《ふ》き下《お》ろす風《かぜ》と共《とも》に、ひとつの大《おお》きな影《かげ》が屋上《おくじょう》へと近《ちか》づいてきた。

——キラリ

「ん？　何《なに》かしら、あれ。……鳥《とり》？」

その流星《りゅうせい》に似《に》た輝《かがや》きに最初《さいしょ》に気《き》づいたのは、空《そら》を見上《みあ》げる明日花《あすか》だった。

地平線《ちへいせん》に沈《しず》もうとする夕日《ゆうひ》を背《せ》にして、鷹《たか》のように大空《おおぞら》を滑空《かっくう》する影《かげ》——

それはあっという間《ま》にテトラ高校上空《こうこうじょうくう》に滑《すべ》り込《こ》んできて、明日花達《あすかたち》の前《まえ》に降《お》り立《た》つ。

「どぉりゃぁぁ～～～！　運命《うんめい》の恋《こい》のキューピッド、ただ今参上《いまさんじょう》～～～～～っ!!」

「う、うわぁぁぁぁぁぁ――――っ!?」


そう、それはもちろんユリア！

鳥《とり》の翼《つばさ》のように見《み》えたのは、空中《くうちゅう》で広《ひろ》がったパラグライダーだったのだ！

ユリアはパラグライダーを巧《たく》みに操《あやつ》り、見事《みごと》テトラ高校《こうこう》の屋上《おくじょう》に着地《ちゃくち》する！

加賀里《かがり》もユリアとタンデム（二人乗《ふたりの》り）して無事《ぶじ》に到着《とうちゃく》。

浮力《ふりょく》を失《うしな》ったパラシュートは重力《じゅうりょく》に引《ひ》かれるまま、バサリと絨毯《じゅうたん》のように広《ひろ》がった。

「ユリアちゃん！　よかった、間《ま》に合《あ》った！」

「えへへへ、心配《しんぱい》かけてごめんね、シュリくん。陽《ひ》が完全《かんぜん》に沈《しず》んでたら、パラグライダーも使《つか》えなかったよ～」

シュリが笑顔《えがお》で駆《か》けよると、ユリアは萎《しぼ》んだパラシュートの中《なか》からテヘッと顔《かお》を出《だ》した。

どうやらテトラ山《やま》の山頂《さんちょう》でパラグライダーの装具一式《そうぐいっしき》をチャーターしたようだ。

普通《ふつう》ならば徒歩《とほ》で一時間半《いちじかんはん》はかかるだろう道《みち》のりを、パラグライダーを使《つか》うことでたった五分《ごふん》に短縮《たんしゅく》したユリア！　さすが天才《てんさい》は考《かんが》えることが違《ちが》う！

「もがーっ！　もがもがもが……っ！」

ちなみに屋上《おくじょう》に到着《とうちゃく》した時《とき》、悲鳴《ひめい》を上《あ》げたのは田中部長《たなかぶちょう》だ。ユリア達《たち》の真下《ました》にいたため、今《いま》はパラシュートを頭《あたま》からかぶった状態《じょうたい》で暴《あば》れている。

でもわざわざ助《たす》けるのも面倒《めんどう》くさいので、とりあえず放置《ほうち》することに決定《けってい》。

「相川《あいかわ》くん、ちょうどよかった！　実《じつ》は今気《いまき》になるデータを受信《じゅしん》して……！」

「なんだって？　ちょっと見《み》せてくれ!?」

そして明日花《あすか》はといえばとんでもない登場《とうじょう》の仕方《しかた》をしたユリアをスルーして、すっかり観測《かんそく》データに夢中《むちゅう》だ。加賀里《かがり》もパラグライダーの装備《そうび》を外《はず》して、明日花《あすか》が差《さ》し出《だ》したデータをすぐに解析《かいせき》し始《はじ》める。

「すごい……。これはもしかして今《いま》まで発見《はっけん》されてない新《あたら》しい彗星《すいせい》かも……」

「ウソッ！　本当《ほんとう》!?」

世紀《せいき》の大発見《だいはっけん》とあって、加賀里《かがり》も明日花《あすか》も真剣《しんけん》な顔《かお》つきになった。

何度《なんど》も何度《なんど》も電子《でんし》アンテナのデータを見直《みなお》して、加賀里《かがり》はようやく確信《かくしん》した。

「やっぱりそうだ！　これは新《あたら》しい彗星《すいせい》だ！　今《いま》すぐ天文台《てんもんだい》に連絡《れんらく》しなきゃ！」

「きゃあ、やったぁ！」

「！」

明日花《あすか》は嬉《うれ》しさのあまり、目《め》の前《まえ》の加賀里《かがり》にガバッと抱《だ》きついた。

想《おも》い人《びと》である明日花《あすか》の大胆《だいたん》な行動《こうどう》に、加賀里《かがり》は大《おお》きく目《め》を瞠《みは》る。

「あ、私《わたし》ったら興奮《こうふん》しすぎてつい……。ごめんなさい、嫌《いや》だったですよね？」

明日花《あすか》は慌《あわ》てて加賀里《かがり》から離《はな》れるが、加賀里《かがり》は顔全体《かおぜんたい》をキラキラと輝《かがや》かせて、サッと両《りょう》手《て》を前《まえ》に差《さ》し出《だ》す。

「い、嫌《いや》なはずあるもんか！　大好《だいす》きな新田《にった》さんに抱《だ》きつかれるなら何千回《なんぜんかい》でもＯＫ《オーケー》！

さぁ、どうぞ遠慮《えんりょ》なく！」

「えっ⁉」

「さあ！」

「……………っ」

明日花《あすか》に抱《だ》きつかれたのがよっぽど嬉《うれ》しかったのか、加賀里《かがり》はどさくさに紛《まぎ》れていきなり大告白《だいこくはく》した！

もちろん明日花《あすか》の方《ほう》は突然《とつぜん》の告白《こくはく》に目《め》を丸《まる》くしたが、「大好《だいす》き」の二文字《ふたもじ》が少《すこ》しずつ頭《あたま》の中《なか》に浸透《しんとう》していくにつれ、心臓《しんぞう》が勝手《かって》にドキドキしだす。

「そ、そんな大好《だいす》きだなんて、まさか相川《あいかわ》くんが……私《わたし》を？」

「いや、実《じつ》はオレも今日自分《きょうじぶん》の気持《きも》ちに気《き》づいたばかりなんだけどさ！」

加賀里《かがり》は告白《こくはく》して気持《きも》ちがさっぱりしたのか、相変《あいか》わらずニコニコしている。

そんな二人《ふたり》のやり取《と》りを見《み》ていたら、ユリアの頬《ほほ》もだらしなく緩《ゆる》んでしまった。

「やった！　お父《とう》さんとお母《かあ》さんの決定的瞬間《けっていてきしゅんかん》、ばっちり目撃《もくげき》しちゃいましたー！」

「ユリアちゃん、ユリアちゃん。あんまり大《おお》きな声出《こえだ》すと雰囲気《ふんいき》ぶち壊《こわ》しだって」

二人《ふたり》から少《すこ》し離《はな》れて、ユリアとシュリは事《こと》の成《な》り行《ゆ》きをじっと見守《みまも》る。

加賀里《かがり》の告白《こくはく》は明日花《あすか》の心《こころ》を動《うご》かしたようで、二人《ふたり》の間《あいだ》には甘《あま》い空気《くうき》が流《なが》れ始《はじ》めた。

「でも相川《あいかわ》くんの気持《きも》ち、嬉《うれ》しいです。私《わたし》も今日一日《きょういちにち》相川《あいかわ》くんと一緒《いっしょ》に行動《こうどう》してて、頼《たの》もしいなと思《おも》ってたから……」

「ホント？　マジで？　やった‼」

「きゃあっ⁉」

加賀里《かがり》はパアッと満面《まんめん》の笑顔《えがお》になると、今度《こんど》こそ遠慮《えんりょ》なく明日花《あすか》に抱《だ》きついた。

明日花《あすか》も顔《かお》を真《ま》っ赤《か》にして照《て》れてはいるが、加賀里《かがり》の手《て》を振《ふ》り払《はら》う様子《ようす》はない。

うん、ここまで来《く》れば、きっともう大丈夫《だいじょうぶ》だ。

未来《みらい》でもそうだったように、高校生《こうこうせい》の加賀里《かがり》はラブラブオーラを放《はな》ちまくり、明日花《あすか》も苦笑《くしょう》しながら加賀里《かがり》の愛情《あいじょう》を一心《いっしん》に受《う》け止《と》めている。

散々苦労《さんざんくろう》した甲斐《かい》あって、二人《ふたり》の運命《うんめい》の赤《あか》い糸《いと》は無事一《ぶじひと》つに繋《つな》がったようだ!!


——ヒュン…………ヒュン……


「ん？　あれ？　なんか星《ほし》が……」

「ユリアちゃん！」

その時《とき》だった。再《ふたた》びユリアとシュリの頭上《ずじょう》に大量《たいりょう》の隕石雨《いんせきう》が降《ふ》りだしたのは。

まるでほうき星《ぼし》のように、長《なが》い尾《お》を垂《た》らしたまま雨《あめ》のように降《ふ》ってくるたくさんの流星《りゅうせい》たち。その光《ひかり》はユリア達《たち》の周《まわ》りでチカチカと瞬《またた》いて、辺《あた》り一帯《いったい》が昼間《ひるま》のように眩《まぶ》しくなる。

「きゃあ、なにこれ!?　シュリくぅ——ん!!」

「ユリアちゃん、オレに捕《つか》まって！」

シュリはユリアを抱《だ》きしめ、隕石《いんせき》の爆発《ばくはつ》から彼女《かのじょ》を守《まも》った。

空《そら》の彼方《かなた》で星《ほし》が炸裂《さくれつ》するような轟音《ごうおん》が響《ひび》き、ユリア達《たち》の周《まわ》りでも竜巻《たつまき》のような強《つよ》い風《かぜ》が吹《ふ》き荒《あ》れる。

「く……っ！」

目《め》も開《あ》けていられない眩《まぶ》しい光《ひかり》の渦《うず》の中《なか》、ユリアとシュリは歯《は》を食《く》いしばって激《はげ》しい衝《しょう》撃《げき》に耐《た》えた。

いつしか近《ちか》くで聞《き》こえていたはずの加《か》賀《が》里《り》と明《あ》日《す》花《か》の声《こえ》が遠《とお》のいていき——無《む》音《おん》の静《せい》寂《じゃく》だけがユリア達《たち》を包《つつ》んだ。

——そして一体《いったい》どれくらいの時間《じかん》が経《た》ったのだろう。

多分《たぶん》それほど長《なが》い時間《じかん》じゃない。

時間《じかん》に換算《かんざん》すれば、瞬《まばた》きほどの一瞬《いっしゅん》の静寂《せいじゃく》の後《あと》。

あれほど強《つよ》かった風《かぜ》はいつのまにか止《や》み、彼方《かなた》に飛《と》びかけていたユリアの意識《いしき》も徐々《じょじょ》に現実《げんじつ》に戻《もど》ってきた。

「おや、あんた達《たち》こんな所《ところ》で何《なに》してるんだい？」

「！」

突然近《とつぜんちか》くから誰《だれ》かに話《はな》しかけられ、ユリアとシュリはビクリとその場《ば》で跳《と》び上《あ》がる。

恐《おそ》る恐《おそ》る目《め》を開《ひら》けばそこはテトラ高校《こうこう》の屋上《おくじょう》。

だけどさっきまでいたはずの加賀里《かがり》や明日花《あすか》の姿《すがた》はどこにもなく、その代《か》わりに数人《すうにん》のおじいちゃんおばあちゃんが、不思議《ふしぎ》そうにこっちを見《み》ていた。

「あ、あれ？」

「ここ、どこだろ？」

一体何《いったいなに》が起《お》きたのかわからずユリアとシュリが呆然《ぼうぜん》としていると、声《こえ》をかけてくれたおばあさんが「ここはテトラ老人《ろうじん》ホームだよ」と教《おし》えてくれた。「もしかして誰《だれ》かの面会《めんかい》に来《き》たのかい？」と聞《き》かれたけど、ユリア達《たち》は咄嗟《とっさ》に答《こた》えることができなかった。

「え、えーと、これって……」

「落《お》ち着《つ》こう、ユリアちゃん。とりあえず落《お》ち着《つ》こう」

自分達《じぶんたち》の身《み》に一体何《いったいなに》が起《お》きたのかわからず、ユリア達《たち》は大《おお》きく深呼吸《しんこきゅう》してみた。

確《たし》かテトラ老人《ろうじん》ホームといえば、廃校《はいこう》となったテトラ高校《こうこう》を再利用《さいりよう》した老人《ろうじん》ホームのはずだ。

――プルルル……


「うひゃ！」

「！」

ユリア達《たち》が必死《ひっし》に気持《きも》ちを落《お》ち着《つ》かせていると、突然《とつぜん》ユリアのスマホが鳴《な》った。

スマホが使《つか》える――！

当《あ》たり前《まえ》だけど当《あ》たり前《まえ》じゃない事実《じじつ》に気《き》づいたユリアは、ようやく自分達《じぶんたち》が現代《げんだい》に戻《もど》ってきたのではないかと思《おも》い至《いた》った。

『あ、もしもしユリア？　一体《いったい》どこまで散歩《さんぽ》に行《い》ってるの？　そろそろ帰《かえ》ってこないと天《てん》体観測始《たいかんそくはじ》まっちゃうわよ？』

「お、お母《かあ》さん！」

その推測《すいそく》を裏付《うらづ》けたのは、大人《おとな》の明日花《あすか》の声《こえ》だった。

高校生《こうこうせい》の頃《ころ》よりだいぶ落《お》ち着《つ》いたそれは、ユリアがよく知《し》る母親《ははおや》の声《こえ》そのものだ。

「よかった、お母《かあ》さん！　お母《かあ》さんはユリアのお母《かあ》さんで間違《まちが》いないよね？」

『ええ、そうよ。当《あ》たり前《まえ》じゃない』

「よ、よかった………。ぐすっ。本当《ほんとう》によかったぁ〜〜〜！」

『やぁだ、ユリアったらいきなり泣《な》きだしたりして。一体《いったい》どうしちゃったの？』

感極《かんきわ》まって涙声《なみだごえ》になるユリアと、コロコロと明《あか》るく笑《わら》う明日花《あすか》。

さらに通話《つうわ》はテレビ電話《でんわ》アプリに切《き》り替《か》わり、画面《がめん》の向《む》こうから陽気《ようき》な声《こえ》が響《ひび》く。

『おーい、ユリア、早《はや》く帰《かえ》って来《こ》い！　カガリ・アスカ彗星《すいせい》を観測《かんそく》する準備《じゅんび》はばっちり整《ととの》ってるぞ！』

「あ、お父《とう》さん⁉」

それはユリアの父《ちち》・加賀里《かがり》だった。

どうやら明日花《あすか》に会《あ》うために大量《たいりょう》の仕事《しごと》を終《お》わらせて、テトラ村《むら》に駆《か》けつけたようだ。

「あ、お父《とう》さんも来《き》てたんだ」

『当《あ》たり前《まえ》だろ、明日花《あすか》と会《あ》うためなら多少《たしょう》の無茶《むちゃ》はするさ♪　なぁ、明日花《あすか》？』

『加賀里《かがり》さん、ここにはユリアのお友達《ともだち》もいるから、そのぅ、ベタベタするのもほどほどに……ね？』

スマホ画面《がめん》の向《む》こうからは相変《あいか》わらず明日花《あすか》激《げき》ラブな加賀里《かがり》と、ちょっと困《こま》った様子《ようす》の明日花《あすか》の声《こえ》が聞《き》こえてくる。

ユリア達《たち》の活躍《かつやく》で二人《ふたり》は歴史通《れきしどお》りラブラブな夫婦《ふうふ》となれたらしい。

「えへへ、お父《とう》さんとお母《かあ》さんがユリアの両親《りょうしん》でよかった。待《ま》ってて、すぐに帰《かえ》るから！」

『ええ、待《ま》ってるわよ』

『ユリア、お父《とう》さん達《たち》もユリアが生《う》まれてきてくれて本当《ほんとう》によかったと思《おも》ってるぞ♪』

両親《りょうしん》から贈《おく》られた温《あたた》かいメッセージに、ユリアは再《ふたた》びうるうるっと涙《なみだ》ぐんでしまった。

さらにスマホを切《き》る直前《ちょくぜん》、明日花《あすか》はシュリにも話《はな》しかけてくる。

『それじゃあシュリくん。ユリアのこと、よろしくお願《ねが》いします』

「あ、はい、ちゃんと天文台《てんもんだい》まで無事《ぶじ》に送《おく》り届《とど》けますから。……ってユリアちゃんのお母《かあ》さん、ようやくオレの顔《かお》を覚《おぼ》えてくれたんですね」

シュリが苦笑《くしょう》すると、明日花《あすか》は一瞬《いっしゅん》きょとんとして『あら、そういえばそうね』と小首《こくび》を傾《かし》げた。

『でも私《わたし》、ユリアのとなりにいる男《おとこ》の子《こ》はあなただって、ずっと昔《むかし》から知《し》ってたような気《き》がするの……』

「え……？」

『急《きゅう》におかしいわね。私《わたし》ったら一体《いったい》どうしちゃったのかしら？』

「……」

明日花《あすか》は軽《かる》く肩《かた》をすくめ、じゃあ待《ま》ってるからと言《い》ってテレビ電話《でんわ》を切《き》った。

もしかしたらユリア達《たち》がタイムスリップしたことで、明日花《あすか》や加賀里《かがり》の記憶《きおく》も以前《いぜん》とは少《すこ》し違《ちが》ったものになっているのかもしれない。

「よかったね。ユリアちゃんという存在《そんざい》が消《き》えずに済《す》んで、オレも一安心《ひとあんしん》だよ」

「シュリくん……。ううっ、ありがと。今《いま》ユリアがこうしていられるのもシュリくんが色々力《いろいろちから》になってくれたおかげだよ～！」

こうして運命《うんめい》のタイムスリップを終《お》えた二人《ふたり》は、老人《ろうじん》ホームを出《で》てようやく帰路《きろ》についた。

タイムスリップした時《とき》は一体《いったい》どうなるかと思《おも》ったし、どうして元《もと》の世界《せかい》に帰《かえ》れたのかは結局《けっきょく》はわからずじまいだけれど……。

終《お》わりよければ全《すべ》てよし！

ユリアは自分自身《じぶんじしん》の力《ちから》で、明《あか》るい未来《みらい》を勝《か》ち取《と》ったのだ！

「でも過去《かこ》にいる間《あいだ》、元《もと》の時代《じだい》に帰《かえ》る方法《ほうほう》を探《さが》すの、すっかり忘《わす》れてたね……」

「アハハ。お父《とう》さんとお母《かあ》さんをくっつけるのに夢中《むちゅう》で、自分達《じぶんたち》のことは二《に》の次《つぎ》だったもんね。思《おも》い返《かえ》したら、ユリア達《たち》結構《けっこう》マヌケだったかも……」

今日一日《きょういちにち》のことを思《おも》い出《だ》しながら、ユリアは薄闇《うすやみ》に包《つつ》まれた夜道《よみち》をまっすぐに歩《ある》いていく。

自分《じぶん》がシュリに恋《こい》しているように、両親《りょうしん》にもあんな甘酸《あまず》っぱい時代《じだい》があったのだと思《おも》うと、なんだかくすぐったいような気《き》がした。

「あ、流《なが》れ星《ぼし》」

「！」

さらにシュリが指《ゆび》さした南《みなみ》の空《そら》で、カガリ・アスカ彗星《すいせい》がひときわ明《あか》るく輝《かがや》く。

不思議《ふしぎ》な星《ほし》の力《ちから》が巻《ま》き起《お》こした運命《うんめい》のタイムスリップは、ユリアとシュリの心《こころ》に新《あら》たな思《おも》い出《で》を刻《きざ》んだのだった。


【おわり】

Shogakukan Junior Bunko

★小学館ジュニア文庫★
エリートジャック!! 発令! ミラクルプロジェクト!!

2015年11月2日　初版第1刷発行

著者／宮沢みゆき
原作・イラスト／いわおかめめ

発行者／立川義剛
印刷・製本／加藤製版印刷株式会社
デザイン／積山友美子＋ベイブリッジ・スタジオ
編集／山口久美子

発行所／株式会社　小学館
〒101-8001　東京都千代田区一ツ橋2－3－1
電話　編集　03-3230-5105
販売　03-5281-3555

●先生方へこの本の感想やはげましのおたよりを送ってね●
〈あて先〉 〒101-8001　東京都千代田区一ツ橋2－3－1
小学館ジュニア文庫編集部
宮沢みゆき先生／いわおかめめ先生

Printed in Japan　ISBN 978-4-09-230844-2

★「小学館ジュニア文庫」を読んでいるみなさんへ★

この本《ほん》の背《せ》にあるクローバーのマークに気《き》がつきましたか？

オレンジ、緑《みどり》、青《あお》、赤《あか》に彩《いろど》られた四《よ》つ葉《ば》のクローバー。これは、小学館《しょうがくかん》ジュニア文庫《ぶんこ》のマークです。そして、それぞれの葉《は》の色《いろ》には、私《わたし》たちがジュニア文庫《ぶんこ》を刊行《かんこう》していく上《うえ》で、みなさんに伝《つた》えていきたいこと、私《わたし》たちの大切《たいせつ》な思《おも》いがこめられています。

オレンジは愛《あい》。家族《かぞく》、友達《ともだち》、恋人《こいびと》。みなさんの大切《たいせつ》な人《ひと》たちを思《おも》う気持《きも》ち。まるでオレンジ色《いろ》の太陽《たいよう》の日差《ひざ》しのように心《こころ》を暖《あたた》かにする、人《ひと》を愛《あい》する気持《きも》ち。

緑《みどり》はやさしさ。困《こま》っている人《ひと》や立場《たちば》の弱《よわ》い人《ひと》、小《ちい》さな動物《どうぶつ》の命《いのち》に手《て》をさしのべるやさしさ。緑《みどり》の森《もり》は、多《おお》くの木々《きぎ》や花々《はなばな》、そこに生《い》きる動物《どうぶつ》をやさしく包《つつ》み込《こ》みます。

青《あお》は想像力《そうぞうりょく》。芸術《げいじゅつ》や新《あたら》しいものを生《う》み出《だ》していく力《ちから》。立場《たちば》や考《かんが》え方《かた》、国籍《こくせき》、自分《じぶん》とは違《ちが》う人《ひと》たちの気持《きも》ちを思《おも》い、協力《きょうりょく》しあうことも想像《そうぞう》の力《ちから》です。人間《にんげん》の想像力《そうぞうりょく》は無限《むげん》の広《ひろ》がりを持《も》っています。まるで、どこまでも続《つづ》く、澄《す》みきった青《あお》い空《そら》のようです。

赤《あか》は勇気《ゆうき》。強《つよ》いものに立《た》ち向《む》かい、間違《まちが》ったことをただす気持《きも》ち。くじけそうな自分《じぶん》の弱《よわ》い気持《きも》ちに立《た》ち向《む》かうことも大《おお》きな勇気《ゆうき》です。まさにそれは、赤《あか》い炎《ほのお》のように熱《あつ》く燃《も》え上《あ》がる心《こころ》。

四《よ》つ葉《ば》のクローバーは幸《しあわ》せの象徴《しょうちょう》です。愛《あい》、やさしさ、想像力《そうぞうりょく》、勇気《ゆうき》は、みなさんが未来《みらい》を切《き》りひらき、幸《しあわ》せで豊《ゆた》かな人《じん》生《せい》を送《おく》るためにすべて必要《ひつよう》なものです。

体《からだ》を成長《せいちょう》させていくために、栄養《えいよう》のある食《た》べ物《もの》が必要《ひつよう》なように、心《こころ》を育《そだ》てていくためには読書《どくしょ》がかかせません。みなさんの心《こころ》を豊《ゆた》かにしていく本《ほん》を一冊《いっさつ》でも多《おお》く出《だ》したい。それが私《わたし》たちジュニア文庫編集部《ぶんこへんしゅうぶ》の願《ねが》いです。

みなさんのこれからの人生《じんせい》には、困《こま》ったこと、悲《かな》しいこと、自分《じぶん》の思《おも》うようにいかないことも待《ま》ち受《う》けているかもしれません。どうか「本《ほん》」を大切《たいせつ》な友達《ともだち》にしてください。どんな時《とき》でも「本《ほん》」はあなたの味方《みかた》です。そして困難《こんなん》に打《う》ち勝《か》つヒントをたくさん与《あた》えてくれるでしょう。みなさんが「本《ほん》」を通《つう》じ素敵《すてき》な大人《おとな》になり、幸《しあわ》せで実《みの》り多《おお》い人生《じんせい》を歩《あゆ》むことを心《こころ》より願《ねが》っています。

小学館ジュニア文庫編集部

★小学館ジュニア文庫★ ワクワク、ドキドキがいっぱいのラインナップ

〈大好き！　大人気まんが原作シリーズ〉

あやかし緋扇～八百比丘尼　永遠の涙～
あやかし緋扇～夢幻のまほろば～
いじめ―いつわりの楽園―
いじめ―学校という名の戦場―
いじめ―引き裂かれた友情―
いじめ―過去へのエール―
いじめ―うつろな絆―
いじめ―友だちという鎖―
いじめ―行き止まりの季節―
エリートジャック!!　めざせ、ミラクル大逆転!!
エリートジャック!!　ミラクルガールは止まらない!!
エリートジャック!!　相川ユリアに学ぶ　毎日が絶対ハッピーになる100の名言
エリートジャック!!　ミラクルチャンスをつかまえろ!!
エリートジャック!!　発令！　ミラクルプロジェクト!!

オオカミ少年♥こひつじ少女　わくわく♪どうぶつワンだーらんど！
オオカミ少年♥こひつじ少女　お散歩は冒険のはじまり
オレ様キングダム―red―
オレ様キングダム―blue―
カノジョは嘘を愛しすぎてる
キミは宙のすべて―たったひとつの星―
キミは宙のすべて―ヒロインは眠れない―
キミは宙のすべて―君のためにできること―
キミは宙のすべて―宙いっぱいの愛をこめて―

今日、恋をはじめます
小林が可愛すぎてツライっ!!　放課後が過激すぎてヤバイっ!!
小林が可愛すぎてツライっ!!　好きが加速しすぎてパないっ!!

12歳。～だけど、すきだから～
12歳。～てんこうせい～
12歳。～きみのとなり～
12歳。～そして、みらい～
12歳。～おとなでも、こどもでも～

ショコラの魔法～ダックワーズショコラ　記憶の迷路～
ショコラの魔法～クラシックショコラ　失われた物語～
ショコラの魔法～イスパハン　薔薇の恋～
ショコラの魔法～ショコラスコーン　氷呪の学園～
ショコラの魔法～ジンジャーマカロン　真昼の夢～
シークレットガールズ
シークレットガールズ　アイドル危機一髪

〈ジュニア文庫でしか読めないオリジナル〉

華麗なる探偵アリス＆ペンギン　ワンダー・チェンジ！
華麗なる探偵アリス＆ペンギン　ミラー・ラビリンス
華麗なる探偵アリス＆ペンギン
華麗なる探偵アリス＆ペンギン　サマー・トレジャー

九丁目の呪い花屋

さくら×ドロップ　レシピ1：チーズハンバーグ

白魔女リンと3悪魔
白魔女リンと3悪魔　フリージング・タイム

バリキュン!!
螺旋のプリンセス

〈思わずうるうる…感動ストーリー〉

きみの声を聞かせて　猫たちのものがたり―まぐ・ミクロ・まる―
こむぎといつまでも―余命宣告を乗り越えた奇跡の猫ものがたり―
世界の中心で、愛をさけぶ
天国の犬ものがたり～ずっと一緒～
天国の犬ものがたり～わすれないで～
天国の犬ものがたり～未来～
動物たちのお医者さん
わさびちゃんとひまわりの季節

次はどれにする？　おもしろくて楽しい新刊が、続々登場!!

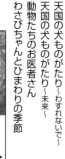

第3回小学館ジュニア文庫小説賞募集中！

小学館ジュニア文庫での出版を前提とした小説賞です。
募集するのは、恋愛、ファンタジー、ミステリー、ホラーなど。
小学生の子どもたちがドキドキしたり、ワクワクしたり、
ハラハラできるようなエンタテインメント作品です。

未発表、未投稿のオリジナル作品に限ります。未完の作品は選考対象外となります。

〈選考委員〉

★小学館ジュニア文庫★編集部　ちゃお編集部　コロコロコミック編集部

〈応募期間〉

2015年12月14日（月）～ 2016年2月15日（月）
※当日消印有効

〈賞金〉

[大賞]……正賞の盾ならびに副賞の50万円
[金賞]……正賞の賞状ならびに副賞の20万円

〈応募先〉

〒101−8001 東京都千代田区一ツ橋2−3−1
小学館　「ジュニア文庫小説賞」事務局

〈要項〉

★原稿枚数★　1枚40字×28行で、50～80枚。A4サイズ用紙を横位置にして、縦書きでプリントアウトしてください（感熱紙不可）。

★応募原稿★　●1枚めに、タイトルとペンネーム（ペンネームを使用しない場合は本名）を明記してください。●2枚めに、本名、ペンネーム、年齢、性別、職業（学年）、郵便番号、住所、電話番号、小説賞への応募履歴、小学館ジュニア文庫に応募した理由をお書きください。●3枚めに、800字程度のあらすじ（結末まで書かれた内容がわかるもの）をお書きください。●4枚め以降が原稿となります。

〈応募上の注意〉

●独立した作品であれば、一人で何作応募してもかまいません。●同一作品による、ほかの文学賞への二重投稿は認められません。●出版権、映像化権、および二次使用権など入選作に発生する著作権（著作権法第27条及び第28条の権利を含む）は小学館に帰属します。●応募原稿は返却できません。●選考に関するお問い合わせには応じられません。●ご提供頂いた個人情報は、本募集での目的以外には使用いたしません。受賞者のみ、ペンネーム、都道府県、年齢を公表します。●第三者の権利を侵害した作品（著作権侵害、名誉毀損、プライバシー侵害など）は無効となり、権利侵害により損害が生じた場合には応募者の責任にて解決するものとします。●応募規定に違反している原稿は、選考対象外となります。

★発表★　「ちゃおランド」ホームページにて（http://www.ciao.shogakukan.co.jp/bunko/）

Shogakukan Junior Bunko